Brigitte Bjarnason

Dorsche haben traurige Augen

Geschichten aus Island

ACABUS | Verlag

Bjarnason, Brigitte: Dorsche haben traurige Augen. Geschichten aus Island, Hamburg, ACABUS Verlag 2011

2. Auflage
ISBN: 978-3-86282-043-6

Die eBook-Ausgabe dieses Titels trägt die
ISBN 978-3-86282-044-3 und kann über den Handel oder den Verlag bezogen werden.

Lektorat: Marlene Schmidt, ACABUS Verlag
Umschlaggestaltung: Daniela Sechtig, ACABUS Verlag
Umschlagmotiv: © Barbara Helgason - Fotolia.com,
© Brigitte Bjarnason

Der ACABUS Verlag ist ein Imprint der Diplomica Verlag GmbH, Hermannstal 119k, 22119 Hamburg.

Bibliografische Information der Deutschen Nationalbibliothek:
Die Deutsche Nationalbibliothek verzeichnet diese Publikation in der Deutschen Nationalbibliografie; detaillierte bibliografische Daten sind im Internet über http://dnb.d-nb.de abrufbar.

http://www.acabus-verlag.de
Printed in Europe

Inhaltsverzeichnis

Richtung Norden

Sverrir: Zum wievielten Male fahre ich eigentlich diese Strecke? Von Süden nach Norden. Reykjavík – Akureyri und zurück. Ich habe aufgehört zu zählen. Seit fünf Jahren fahre ich den LKW. Alles Mögliche habe ich während dieser Zeit transportiert: Dünger für die Bauern, Kühlschränke, Möbel, Ersatzteile, Fisch. Mir ist egal, was ich auf dem Anhänger habe. Hauptsache keine lebenden Tiere. Schweine sind am schlimmsten. Die machen mich nervös.

Ich fahre nachts. In der Nacht ist weniger Verkehr auf den Straßen. Ab und zu kommt mir ein Kollege entgegen, oder einer dieser jungen, wilden Nachtschwärmer überholt mich mit 130 km/h. Im letzten Herbst, es regnete in Strömen und die Sicht war schlecht, ist vor mir so einer von der Straße abgekommen, hat sich mindestens drei Mal überschlagen. Der Junge hatte gerade eine Woche vorher den Führerschein gemacht. Heute sitzt er mit 18 im Rollstuhl. Seine Freundin war nicht angeschnallt und hat den Unfall nicht überlebt. Mann, war das 'ne Story. Ansonsten ist es ruhig auf der Straße, manchmal zu ruhig. Die Stille macht mich schläfrig. Dann trinke ich literweise Kaffee und drehe das Radio auf volle Lautstärke. Ein Nickerchen ist nicht drin. Ich muss meinen Zeitplan einhalten, sonst gibt es Ärger mit meinem Chef.

Im Sommer brauche ich sechs Stunden für eine Strecke. Im Winter acht, manchmal zehn endlos lange Stunden. Bei Glatteis und Schneegestöber krieche ich mit dem Laster im Schneckentempo durch das Land. Das ist

Knochenarbeit und schlägt auf das Gemüt. An solchen Tagen möchte ich am liebsten meinen Job hinschmeißen.

Da vorne ist die letzte Ampel. Gleich bin ich aus der Stadt raus.

Sabine: Warum musste ich Idiot den letzten Bus verpassen? Nun stehe ich hier um zehn Uhr abends mit meinem überladenen Rucksack an der Straße und versuche, ein Auto anzuhalten. Ingibjörg, meine isländische Freundin, meinte, auf Island sei das kein Problem. In Deutschland hätte ich mich nicht getraut, alleine als Anhalterin durch die Nacht zu reisen ... Viel Verkehr ist heute Abend nicht. Dabei stehe ich an der Hauptstraße, die rund um die Insel führt.

Sverrir: Steht da vorne nicht einer von diesen verrückten Rucksacktouristen? In Spanien oder Italien ist ein Sommerurlaub am Straßenrand vielleicht vergnüglich. Aber in Island? Eigentlich nehme ich grundsätzlich keine Anhalter mit. Ich kann mit diesen Fremden nichts anfangen. Vielleicht sollte ich heute eine Ausnahme machen. Dann wird die Fahrt nicht so langweilig. Das Mädchen sieht nett aus. Anfang zwanzig, schätze ich.

Sabine: Da kommt ein Lastwagen. Mensch, der hält tatsächlich an! Hoffentlich fährt er nach Akureyri. – „Do you go to Akureyri?“

Sverrir: „Já, Akureyri.“

Sabine: Er hat genickt, dann wird er wohl dahinfahren. – „Do you speak English, German?"

Sverrir: „Nei, ég tala bara íslensku."

Sabine: Das kann ja heiter werden. Der Typ spricht weder Englisch noch Deutsch und ich kein Isländisch. Aber irgendwie muss ich heute noch nach Akureyri kommen.

Sverrir: Hätte ich mir ja denken können, dass das Mädchen kein Isländisch spricht. Verdammt, nun sitzt sie im Wagen.

Sabine: Hoffentlich dauert die Fahrt nicht so lange. Er sieht ja wenigstens harmlos aus. Typ braver Familienvater, oder? – Warum haben bloß alle Lastwagenfahrer diese Anhänger mit Silikonbusenweibern an ihren Spiegeln baumeln?

Sverrir: „Ertu búin að bíða lengi eftir fari?"

Sabine: Was hat er mich nun gefragt? – „Hhm, äh ... I don´t understand."

Sverrir: Das hat keinen Sinn. Nun habe ich dieses Mädchen die nächsten sechs, sieben Stunden im Wagen sitzen und kann kein Wort mit ihr reden. Eine schöne Sauerei.

Sabine: Es ist fast elf Uhr, und noch immer ist es hell. Klasse, diese Mittsommernächte. Das Land sieht so friedlich und verschlafen aus. Unvorstellbar, dass hier manchmal die Erde bebt und Vulkane Feuer und Asche spucken.

Sverrir: Da vorne kommt der Tunnel. Seit ich nicht mehr rund um den Fjord fahren muss, bin ich wesentlich schneller. Ist schon irgendwie ein komisches Gefühl unter einem Fjord zu fahren. Über einem Unmengen von Wasser. Eine Panne möchte ich hier unten nicht haben.

Sabine: Vielleicht sollte ich versuchen zu schlafen. Wir können uns ja doch nur per Zeichensprache verständigen. Aber die Landschaft ist wirklich toll. Diese moosbewachsenen Steine. Da kann man sich schon vorstellen, dass hier Elfen und Trolle wohnen.

Sverrir: Es wird Zeit für eine Pinkelpause. Da vorne halte ich an.

Sabine: Wieso hält er denn an, ohne ein Wort zu sagen? Hier ist keine Tankstelle, kein Bauernhof, keine Menschenseele weit und breit. Am Straßenrand stehen nur alte merkwürdig geformte Lavabrocken in einer gespenstischen Landschaft herum. Idealer Platz, um ... Ruhig bleiben, Sabine, ruhig bleiben. Du hattest schon immer eine blühende Fantasie. Wie ein Vergewaltiger sieht er wirklich nicht aus. Oder sollte ich mich täuschen? – Ach, der musste nur mal pinkeln. Hatte echt für einen Moment ein mulmiges Gefühl im Bauch. Wenn der sich über mich hergemacht hätte? In dieser Einöde ... Ich glaube, ich lese zu viele Krimis.

Sverrir: „Ég heiti Sverrir."

Sabine: „Ich heiße Sabine."

Sverrir: Sabine, ein hübscher Name. Sieht ganz sympathisch aus das Mädchen, schlank, lange dunkle Haare. Komisch, dass sie alleine unterwegs ist. So ein attraktives Mädchen hat doch bestimmt einen Freund.

Sabine: Sverrir. Das ist ja unaussprechbar. Bevor ich Ingibjörg auf der Uni kennenlernte, habe ich geglaubt, auf Island spreche man Englisch oder Dänisch. Ich habe so gut wie nichts von dieser Insel im Nordatlantik gewusst. Islandponys waren mir ein Begriff, Vulkane, Geysire, Gletscher. Dieses Klischee vom Land aus Feuer und Eis. Na, und dann brach dieser Vulkan unter dem Gletscher mit dem unaussprechlichen Namen Eyjafjallajökull aus und legte den Flugverkehr in fast ganz Europa lahm. Seitdem verschlinge ich alles Lesbare über Island und habe Ingibjörg mit Fragen über ihre Heimat durchlöchert.

Es ist schon spät. Ich sollte endlich versuchen, etwas zu schlafen oder wenigstens zu dösen. Der schwere Laster kriecht förmlich die Anhöhe hinauf. Dünne, milchige Nebelschleier liegen auf den kargen Heideflächen der Hochebene. Hier gibt es wirklich nicht viel zu sehen. Ab und zu einen Bauernhof, ein paar Pferde. – Mann, habe ich mich erschreckt. Weshalb hupt er wie verrückt?

Sverrir: Jetzt habe ich das Mädchen geweckt. Diese verdammten Schafe! Müssen sich mit ihren Lämmern immer mitten auf der Straße aufhalten.

Sabine: Zwei zu Tode erschrockene kleine Wollknäuel rennen über die Straße zu ihrer Mutter. Das ist also das Rohmaterial für die dicken Wollpullover mit den bunten Mustern, die in Reykjavík in den Souvenirgeschäften verkauft werden. Die Schafe laufen hier anscheinend wild herum. Ob es stimmt, dass die Isländer gerne Schafsköpfe essen? Ich würde meinen Fahrer ja gerne ein bisschen ausfragen, aber das hat wohl keinen Sinn.

Sverrir: Dieses Schweigen, diese Stille ist ja nicht auszuhalten! Nun schalte ich das Radio ein.

Sabine: Isländische Musik. Ich mag Björk und Sigur Rós mit ihrer fast mystischen Musik. Die passt irgendwie zu diesem geheimnisvollen Land. Mein LKW-Fahrer liebt anscheinend eher traditionelle Akkordeonmusik ... – Wie still es eben noch gewesen ist. Als wir kurz angehalten haben und der Motor für einen Augenblick ausgeschaltet war, hörte man absolut nichts. Draußen herrschte totale Stille. Kein Vogelgeschrei, nicht einmal das Rauschen des Windes in den Bäumen konnte man hören. Tja, Bäume. Wann habe ich eigentlich zuletzt Bäume gesehen? In Reykjavík? Zu Hause in Berlin vermisse ich oft die Stille. Die ganze Nacht rauscht der Verkehr an meiner Wohnung vorbei. Der Lärm der Stadt ist zur ständig anwesenden Geräuschkulisse geworden. Stille, so wie hier, kenne ich gar nicht mehr. Wenn ich meinen iPod nicht zu

Hause vergessen hätte, hätte ich die Stille wahrscheinlich gar nicht wahrgenommen, sondern mir die ganze Fahrt über Musik in die Ohren gedröhnt.

Sverrir: Noch zwei Kilometer, dann komme ich an die Tankstelle, wo ich immer einen Hotdog esse und eine Cola trinke. Wie mache ich das bloß dem Mädchen klar?

Sabine: Ah, da vorne ist eine Tankstelle. Es gibt hier also doch noch Zivilisation.

Sverrir: „Ég ætla að stoppa hér og fá mér Coke og pylsu. Ætlar þú að koma með?"

Sabine: Er will hier anhalten. Am besten ich nutze die Gelegenheit und gehe aufs Klo. Ist ja echt Betrieb in diesem Laden. Dabei ist es schon nach Mitternacht. Irgendwie sehen alle Tankstellen gleich aus, so öde. Ah, da drüben sitzt mein Chauffeur und stopft sich einen Hotdog in den Mund. Ob er die beiden Typen in den schwarzen Lederjacken kennt, die da neben ihm sitzen? Wahrscheinlich sind das auch LKW-Fahrer. – Jetzt gucken sie alle drei zu mir herüber, tuscheln und grinsen blöd. Am besten ich tue so, als ob mich die Ansichtskarten auf dem Postkartenständer total interessieren, behalte die drei im Blick ... Jetzt kommt einer der Lederjacken zu mir rüber. Oh je, was will denn das blonde Kraftpaket von mir?

Sverrir: Tryggvi und Jónas haben ganz schön geguckt, als sie meine Fahrbegleiterin gesehen haben. Haben mir sogar angeboten, das Mädchen mitzunehmen. Wäre nicht schlecht gewesen, den stummen Fisch hierzulassen. Aber ich traue den beiden nicht. Ständig machen sie irgendwelche „deals“, wie sie sagen. Tryggvi saß ein Jahr im Knast wegen so einem „deal“. Nee, kommt gar nicht in Frage, dass sie das Mädchen mitnehmen ... Mensch, jetzt geht Tryggvi doch tatsächlich zu ihr rüber und quatscht sie an.

Sabine: Mann, dieser Typ macht mir echt Angst. Dieser stechende Blick in dem blassen, pickeligen Gesicht und dieses eklige Grinsen. Ob Sverrir den Kerl rübergeschickt hat? Vielleicht will er mich loswerden?

Tryggvi: „Do you like to go with me to Akureyri, pretty girl? I have a very fast car. Sverrir is a very boring man. We could have some fun together.“

Sabine: Spinnt der? Was soll diese blöde Anmache? Mit diesem Schwarzeneggertypen lasse ich mich auf keinen Fall ein. Wo bleibt Sverrir? Uff, er kommt rüber ...

Sverrir: Nichts wie weg hier. Tryggvi ist ein Idiot. Egal was er von dem Mädchen wollte, es war garantiert nichts Gutes.

Sabine: Echt cool, wie Sverrir den Kerl einfach beiseite geschubst, mich an der Hand gefasst und aus dem Laden gezogen hat. Soviel Courage hätte ich diesem dickbäuchigen LKW-Fahrer gar nicht zugetraut. Anscheinend ist man als Anhalterin auch in Island vor aufdringlichen, zwielichtigen Typen nicht sicher. Man bin ich froh, dass wir wieder auf der Straße sind. Akureyri 186 Kilometer, steht auf dem Schild am Straßenrand. Bald sind wir da. Jetzt fängt es wieder an zu regnen.

Sverrir: Das Mädchen ist ganz blass im Gesicht. Ich glaube, Tryggvi hat ihr Angst gemacht. Seit zwanzig Minuten starrt sie stumm aus dem Fenster. Na, jetzt lächelt sie wieder. Ein hübsches Lächeln hat sie und blaue Augen.

Verdammt, der Wetterbericht sagt Sturm für den Norden an. Wenn im Süden gutes Wetter ist, ist im Norden schlechtes. Das ist ja nichts Neues.

Sabine: Mann, bin ich müde. Ich würde gerne schlafen, wenn ich schlafen könnte ... neben mir ein fremder, schweigsamer Mann ... draußen eine trostlose, nasse Landschaft. Grauer Nebel hängt bleiern über den Bergen. Nicht einmal ein paar Schafe sieht man am Straßenrand. Irgendwie ungemütlich. Ach, wäre es schön, wenn ich schon bei Ingibjörg wäre, gemütlich mit ihr auf dem Sofa säße, eine Tasse heißen Tee in der Hand und mit ihr über Gott und die Welt quatschen könnte. Vielleicht sollte ich sie anrufen. Verdammt, mein Handy kriegt keine Verbindung.

Sverrir: Will das Mädchen nicht endlich eine Runde schlafen? Scheiß Wetter! Wieso zieht der Laster auf einmal so stark nach links? Da stimmt etwas nicht. Ich muss anhalten.

Sabine: Ganz schön stürmisch hier. Die Windböen rütteln wie verrückt am LKW. Wahrscheinlich zieht eines der bekannten Islandtiefs über die Insel. Zum Glück stehe ich jetzt nicht irgendwo am Straßenrand, sondern sitze im Trocknen. – Er fährt langsamer, vielleicht ist es wegen des Wetters? Die Scheibenwischer bewältigen kaum noch die Wassermassen, die gegen die Windschutzscheibe peitschen. Irgendetwas scheint nicht in Ordnung zu sein. Sverrir wirkt auf einmal so angespannt.

Sverrir: Verdammt, Plattfuß! Ausgerechnet jetzt im strömenden Regen und meilenweit von der nächsten Tankstelle entfernt.

Sabine: Er ist verärgert. Stiert stumm auf die Straße. Was ist denn nur los? Jetzt steigt er aus. Schon wieder Pinkelpause? Oh, nee! Panne. Er muss einen Reifen wechseln. Und das bei diesem Sauwetter. Ob er Hilfe braucht? Wo ist bloß meine Regenjacke? Diese Fahrt verwandelt sich langsam in einen Albtraum.

Sverrir: Was will sie denn hier draußen im Regen? Das Mädchen hat doch bestimmt keine Ahnung von Autos.

Sabine: Viel konnte ich ja nicht für ihn tun. Er fühlt sich bestimmt komisch mit mir als stummes, hilfloses Anhängsel. Wenn hier eine Tankstelle wäre, würde ich Ingibjörg anrufen, damit sie mich abholt.

Sverrir: Geschafft! Das so etwas immer bei schlechtem Wetter passieren muss. Ich bin nass bis auf die Knochen. Ein heißer Kaffee wäre jetzt nicht schlecht. War aber nett von dem Mädchen, mir ihre Hilfe anzubieten, obwohl sie die meiste Zeit nur draußen im Regen herumstand und nicht viel machen konnte.

Sabine: Armer Kerl, der ist total durchnässt. Und ich sehe mit meinen nassen, klebrigen Haaren bestimmt wie eine Vogelscheuche aus. Aber immerhin können wir jetzt weiterfahren. – Ah, ein Schild. 90 Kilometer bis nach Akureyri. Ob er Schokolade mag? Ich glaub, ich habe noch eine Tafel im Rucksack.

Sverrir: In zwei Stunden liege ich neben meiner Frau im Bett. – Jetzt ist Sabine doch noch eingeschlafen oder schlummert sie nur vor sich hin? Eigentlich war es gar nicht so langweilig mit ihr, obwohl es mit der Verständigung ja nicht so gut klappte. – Na endlich. Es hat aufgehört zu regnen. Dafür fahre ich jetzt wieder in eine dicke Nebelsuppe rein. Mehr als 70 km/h sind hier im Tal nicht drin.

Sabine: Ich bin tatsächlich eingeschlafen. Endlich sind wir raus aus dem Nebel. Die ersten Häuser tauchen auf. Noch immer hängen dunkle Regenwolken über dem Fjord. Auf der anderen Seite sind schneebedeckte Berge. Hier sieht es anders als in Reykjavík aus, ländlicher, leerer … Da vorne ist eine Tankstelle! Da steig ich aus.

Der Unfall

Der Tag, an dem der Unfall geschah, begann wie jeder andere Frühsommertag am Fjord. Aufdringliche Sonnenstrahlen blinzelten durch einen Spalt zwischen den Vorhängen und kitzelten mich an der Nase. Die Zeiger auf dem Wecker zeigten auf vier Uhr. Beleidigt zog ich mir die Bettdecke über den Kopf und versuchte, wieder einzuschlafen. Im Halbschlaf döste ich vor mich hin, bis es Zeit zum Aufstehen war.

„Nonni! Wach auf!"

„Muss ich heute in den Kindergarten gehen?"

Ich nickte. Zwei warme kleine Arme legten sich fest um meinen Hals.

„Ich will aber nicht", flüsterte mein Sohn mir ins Ohr. Tränen stiegen in meine Augen. Ich wusste, dass Nonni ungern in den Kindergarten ging. Als wir beide vorigen Sommer in das Dorf kamen, wurden wir auf der Straße von den Leuten freundlich begrüßt. Das war alles. In die fest geschlossene Dorfgemeinschaft wurden wir nicht aufgenommen. Wir waren Fremde. Mein Akzent irritierte die an Ausländer nicht gewöhnten Einheimischen. Nonni bekam zu der Zeit einen hartnäckigen Hautausschlag im Gesicht und an den Armen. Das war Grund genug für die anderen Kinder, ihn nicht an ihren Spielen teilnehmen zu lassen. Wir blieben geduldig. Einige Monate später heiratete ich einen Mann aus dem Dorf, Sveinn Sigurdsson. Ich hoffte, man würde mich und meinen Sohn nun endlich akzeptieren.

Im Arbeitssaal der Fischfabrik schaltete die Vorarbeiterin die Lampen unter den milchigen Glasplatten beiderseits des Fließbandes an. Inga, Júlía und Hafdís standen vor ihren Plätzen und banden sich weiße Gummischürzen um. Björg wetzte ihr Messer. Sie lachten und schwatzten. Ich wünschte ihnen einen guten Morgen. Nur Júlía zischelte ein fast lautloses „hei". Auf meinem Platz lag schon das Messer bereit. Ich griff nach dem ersten Dorschfilet. Das Herauspicken der farblosen Ringwürmer im grellen Licht der Glasplatte war ermüdend. Schon nach einer halben Stunde tat mir der Rücken weh. Für ein paar Sekunden schloss ich die Augen. Irgendwann läutete es zur Pause. Ich folgte den anderen hinaus auf den Vorplatz, setzte mich auf einen umgestülpten Fischbehälter in die Sonne. Nicht weit von mir entfernt standen Inga und Björg und rauchten. Ihre heiseren Stimmen klangen zu mir hinüber.

„Wo ist Júlía?"

„Sie wollte kurz nach Hause fahren, um nach ihrer Tochter zu sehen."

„Ist Sara nicht in der Schule?"

„Vielleicht ist sie krank."

„Vielleicht braucht ihre Mutter auch nur einen Schluck Cognac", kicherte Björg.

„Glaubst du, Júlía trinkt wieder?"

„Es soll Geldprobleme geben, seit Pétur sich das neue Boot angeschafft hat."

Ich hasste dieses Geschwätz, denn ich wusste, sie redeten auch über mich, wenn ich außer Sicht- und Hörweite war.

Mein Blick schweifte über den Fjord. Selten sah man, so wie heute, das Spiegelbild der umliegenden Berge auf der glatten, grauen Meeresoberfläche. Der kühle Seewind hielt das Wasser die meiste Zeit in ständiger Bewegung. Oft waren es kleine in der Sonne silbern glitzernde Kräuselwellen, bei Sturm meterhohe Brecher, die donnernd gegen die Klippen schlugen.

Die Fischfabrik lag am Ende der Dorfstraße auf einer Anhöhe. Um diese Tageszeit fuhr selten ein Auto die Straße entlang. Ich entdeckte, nicht weit vom Lebensmittelladen, eine kleine Gruppe Kinder in gelben Westen, die Hand in Hand am Straßenrand entlang marschierten. Ob Nonni unter den Kindern war?

Der schrille Klang der Glocke beendete die willkommene Pause. Ich band meine nach Fisch stinkende Gummischürze wieder um und betrat die vom kühlen Neonlicht erhellte fensterlose, kalte Halle. Gerade wollte ich nach einem Dorschfilet greifen, da hörte ich jemanden meinen Namen rufen.

„Alexandra, komm schnell! Im Dorf ist etwas passiert!"

Es war Inga. Sie stand am Ausgangstor und winkte mir aufgeregt zu. Diese ungewohnte Aufmerksamkeit für meine Person erstaunte mich. Ohne Eile ging ich über die nassen Fliesen auf die offene Tür zu. Auf dem Vorplatz waren sämtliche Angestellten der Fischfabrik versammelt. Einige Männer liefen eilig davon. Die Frauen starrten mit zu Tode erschrockenen Gesichtern die Dorfstraße hinunter. Dort, nicht weit vom Kindergarten, stand mitten auf der Straße ein roter Jeep. Júlías Jeep. Männer standen vor dem Wagen oder kamen gerade angelaufen. Dann erschien ein Unfallwagen. Plötzlich schnürte mir dieser Anblick die Kehle zu. Jemand war überfahren worden.

In diesem Augenblick kam Ingas Tochter die Anhöhe zur Fischfabrik angelaufen. Ein hübscher Teenager mit langen dunklen Haaren.

„Daníel ist überfahren worden“, schluchzte sie und warf sich in die Arme ihrer Mutter. Daníel war im gleichen Alter wie Nonni. Er wohnte mit seinen Eltern und einem älteren Bruder schräg gegenüber von unserem Haus.

„War es ... Júlía?“, fragte Inga ihre Tochter.

Der Teenager nickte.

„Daníel ist ganz plötzlich auf die Straße gelaufen, direkt vor ihr Auto.“

Einer der dagebliebenen Männer hatte irgendwoher ein Fernglas aufgetrieben, das reihum gereicht wurde. Ich bekam es als Letzte in die Hand und sah eben noch, wie Katrín, Daníels Mutter, in den Unfallwagen stieg, der Sekunden später mit Blaulicht davonraste. Irgendeiner der Männer kümmerte sich um Júlía und brachte sie von der Unfallstelle fort.

Eine unheimliche Stille legte sich nach dem Unfall über das Dorf. Wie in Trance stolperte ich wieder in die Halle. Auch den anderen Frauen war der Unfall auf das Gemüt geschlagen. Schweigend und routiniert machte jede ihre Arbeit. Nach der Mittagspause blieben einige der Frauen zu Hause. Dann rief die Kindergärtnerin an und bat mich, Nonni abzuholen. Dort erfuhr ich, dass Daníel auf dem Weg ins Krankenhaus gestorben war.

Nonni hatte von dem Unfall nichts mitbekommen. Seine Gruppe war zur Zeit des Unglückes im Kindergarten. Auf dem Nachhauseweg erzählte ich ihm, warum Daníel nun nicht mehr in den Kindergarten kommen würde. Gemeinsam pflückten wir ein paar Blumen am Straßenrand und als wir an der Unfallstelle vorbeikamen, legten wir sie schweigend und mit Tränen in den Augen auf den inzwischen regennassen Asphalt.

Zum Abendessen erschien Sveinn. Er hatte im Hafen von Daníels Unfall gehört.

„Júlía hat wohl wieder mit dem Trinken angefangen“, war sein Kommentar, bevor er den Fernseher anschaltete und sich auf das Sofa fallen ließ.

Ich brachte Nonni ins Bett. Er schlief schnell ein. Die Vorhänge waren nicht ganz zugezogen und ich konnte durch den offenen Spalt zur anderen Straßenseite hinüber sehen. Es standen mehrere Autos vor Daníels Haus. Leute aus dem Dorf und Menschen mit mir unbekannten Gesichtern trotteten mit Blumensträußen in den Händen auf das Haus zu. Katrín und ihr Mann waren im Dorf aufgewachsen, heirateten jung. Júlía war Katríns Freundin.

Ich fühlte mich schlecht. Wie wäre es gewesen, wenn Nonni vor den Jeep gelaufen wäre? Das Wohnzimmerfenster von gegenüber hatte sich inzwischen in das Schaufenster eines Blumengeschäftes verwandelt. Immer noch kamen Männer und Frauen, die kurz ein paar Worte mit denjenigen wechselten, die das Haus verließen.

Ich konnte diesen Anblick nicht länger aushalten, lief ins Schlafzimmer, zog mir die Bettdecke über den Kopf und heulte. Hätte das Schicksal meinen Sohn getroffen, wäre niemand für mich dagewesen. Vielleicht wären anstandshalber oder wegen Sveinn ein paar Dorfbewohner gekommen und hätten mitleidsvoll ihr Beileid ausgedrückt. Ich hätte ihrem Mitgefühl misstraut. Auch ein tragischer Unfall würde die Wand, die zwischen uns stand, nicht zum Umfallen bringen.

Irgendwann öffnete mein Mann die Schlafzimmertür und teilte mir mit, er wolle mal eben zu Katrín und ihrem Mann hinüberschauen. Wut stieg in mir hoch. Sah er nicht, wie elend es mir ging? Gerade jetzt hätte ich ihn gebraucht. Mit verweintem Gesicht schlich ich wieder in Nonnis Zimmer. Obwohl es spät war, standen noch immer fünf oder sechs Autos vor dem Haus gegenüber. Ich zitterte. Ich war eifersüchtig auf die Aufmerksamkeit, die diese Familie erhielt und die mir so sehr fehlte. Gleichzeitig fühlte ich das Bedürfnis, Trost zu spenden. Doch der Wunsch, hinüberzulaufen, Katrín in die Arme zu nehmen und ihr zu sagen, wie leid mir alles täte, brachte meine gelähmten Beine nicht in Bewegung. Mir fehlte Kraft und Mut. Erschöpft legte ich mich wieder ins Bett. Kurz vor Mitternacht kam Sveinn. Er sagte nichts und auch ich mochte nicht reden. Als ich am frühen Morgen erwachte, war er schon zum Fischen gefahren.

An diesem Samstag wurde in der Fischfabrik nicht gearbeitet. Bis zum Mittag konnte ich mich mit der Hausarbeit ablenken. Am Nachmittag überkam mich wieder das gleiche elende Gefühl wie am Abend zuvor. Ich blickte aus dem Fenster. Heute stand nur ein Auto vor dem Haus. Sollte ich hinübergehen? Wahrscheinlich würden mir die Worte im Halse stecken bleiben. Was sagte man in diesem Land zu Leuten, die ein Kind verloren hatten? Vielleicht würde ich etwas Falsches sagen oder man würde mich nicht verstehen. Ich fühlte mich hilflos und verzweifelt.

Seit Jahren hatte ich nicht in der Bibel gelesen. Plötzlich spürte ich ein Drängen, das Kapitel mit den Psalmen aufzuschlagen. Der 23. Psalm. An diesen Psalm konnte ich mich erinnern. „... Und geht es auch durchs dunkle Tal – ich habe keine Angst! Du Herr, bist bei mir; du schützt mich und führst mich, das macht mir Mut.“ Ich las diese Zeilen einige Male. Dann suchte ich mir ein Blatt Papier, nahm das Wörterbuch hervor und schrieb einen Brief an Katrín. Ich fühlte mich etwas besser.

Sveinn kam früher als erwartet nach Hause, aß sein Essen und wollte noch einmal in den Hafen fahren. Ich bat ihn, den Brief bei Katrín vorbeizubringen. Sobald der Brief aus meinen Händen war, bekam ich Gewissensbisse. Würde man mich missverstehen, mich als feige und unhöflich betrachten? Nachdenklich beobachtete ich Nonni, der mit ernstem Gesicht vor dem Fernseher saß. Ich hätte es nicht ertragen können, wenn er statt Daníel überfahren worden wäre. Bevor die Tränen aus meinen Augen strömten, rannte ich ins Schlafzimmer. Versunken in meinen Schmerz hatte ich nicht gehört, wie jemand an der Haustür läutete. Auf einmal stand Katrín im Zimmer. Sie ging wortlos auf mich zu und nahm mich in die Arme. Schluchzend brachte ich kein Wort heraus. Katrín hatte am Tag zuvor ihren Sohn verloren, doch sie schien gefasst und redete mir freundlich und teilnahmsvoll zu. Es war, als hätten wir die Rollen getauscht. Ich hätte sie trösten müssen in ihrem Leid. Stattdessen tröstete sie mich.

Obwohl nach dem Unfall lange ein dunkler Schatten der Trauer über dem Dorf lag, kehrte irgendwann wieder

der Alltag ein. Júlía machte eine Therapie. Sie litt sehr, und es dauerte Monate bis sie sich wieder hinter das Steuer eines Autos setzte. Niemand hatte damals geglaubt, dass Júlía und Katrín Freundinnen bleiben würden.

Die Lawine

Der frischgefallene Schnee knirscht wie Pappe unter meinen Schneestiefeln. Nach dem Schneesturm, bei dem man gestern nicht einmal einen Hund nach draußen getrieben hätte, herrscht heute Abend eine fast beunruhigende Windstille. Der Schnee dämpft die Geräusche aus dem Ort, sodass es ungewöhnlich friedlich auf der Zufahrtstraße ist. Ich hielt es nicht mehr aus in meinem beengten Hotelzimmer, musste mich bewegen und frische Luft atmen.

Es hat mich beruflich nach Neskaupstad verschlagen, denn seit ein paar Monaten arbeite ich als Vertreter für Elektrogeräte. Meine Firma wollte, dass ich dem Inhaber des kleinen Elektrogeschäftes vor Ort unsere Artikel vorstelle. Dass ich ausgerechnet Anfang Dezember hierher geschickt wurde, gefiel mir gar nicht.

Die Straße ist leer. Ich bin allein unterwegs. Von Weitem sehe ich die Lichter der Häuser und Straßenlaternen. Die meisten der knapp 1400 Einwohner haben schon ihre bunten Weihnachtslichterketten draußen in den Gärten oder drinnen in den Fenstern aufgehängt, um die Dunkelheit des Winters erträglicher zu machen. Hier auf der Straße hellt nur der Schnee notdürftig die Schwärze der einbrechenden Nacht auf. Ich bleibe stehen. Über mir tanzt das Nordlicht in seinem Regenbogenkleid einen wilden Tanz. Dieses Spiel der Lichterstreifen nimmt mich auf magische Weise gefangen. In eleganten Bewegungen und mit leisem Zischen schwirrt es über den rabenschwarzen Nachthimmel. Außerhalb des Lichtermeeres der Stadt kann man das Nordlicht besonders gut beobachten. Ja, jetzt hätten sich die Touristen gefreut, die für viel Geld eine Nordlichtreise gebucht haben. Da sich aber nicht einmal im Sommer Urlauber in diesen abgelegenen Ort verirren, ist es unwahrscheinlich, heute hier einen Ausländer zu treffen. Die Touristen hätten sowieso ein falsches Bild zu sehen bekommen. Sie würden denken, dass es immer so still und friedlich an diesem Fjord im Osten ist: Nordlicht, Schnee, ein klarer Sternenhimmel und Berge, die sich idyllisch im Mondlicht auf der Wasseroberfläche spiegeln. Ich aber weiß es besser. Ich bin in Neskaupstad aufgewachsen und kenne die Gnadenlosigkeit der isländischen Natur.

Es war der 20.Dezember 1974. Ein Tag wie jeder andere. In der Fischfabrik war gegen Mittag der letzte Fisch verarbeitet worden. Die Angestellten, die an den Fließbändern die Filets nach Würmern durchleuchteten oder, wie ich, Dorschen und Kabeljau den Bauch aufschlitzten und sie von ihren Innereien befreiten, wurden nach Hause geschickt. Es lag Schnee. Viel Schnee. Seit Tagen hatte es geschneit. In der Nacht zuvor tobte ein schwerer Schneesturm. Ich hatte mich, nachdem ich von der Arbeit gekommen war, nach dem Mittagessen kurz hingelegt. Als ich aufstand und aus dem Fenster schaute, hatte das Leben der Menschen in dem sonst eher ereignislosen Neskaupstad eine Kehrtwendung genommen. Panikartig liefen Erwachsene und Jugendliche mit Schaufeln bewaffnet in Richtung Fischfabrik, die ein Stück außerhalb des Ortskernes lag. Ich spürte plötzlich ein Unwohlsein in der Magengegend und schaltete das Radio ein. Zwei Lawinen waren kurz hintereinander den Berg hinuntergestürzt. Die erste hatte die Fischfabrik erwischt, die zweite hatte ein Wohnhaus getroffen und es in das Meer gefegt. 800 bis 900 Meter soll die Lawine breit gewesen sein. Ein Augenzeuge berichtete, dass es aussah, als ob ein Teil der Bergkette in den Fjord gerutscht wäre. Kurz darauf fiel der Strom aus. Meine Mutter und ich waren wie gelähmt, während wir stundenlang auf Nachricht von meinem Vater warteten. Er arbeitete in der Autowerkstatt dicht bei der Fischfabrik. Erst gegen Abend rief das Krankenhaus an. Er war am Leben. Sein Kollege hatte ihn kurz nach der ersten Lawine warnen können. In dem Moment, wo er die Werkstatt verließ, zerstörten die heranstürzenden Schneemassen das Haus. Er selbst wurde mitgerissen, konnte sich aber, nachdem die Lawine stoppte, selbst aus dem Schnee graben. Mein Cousin wurde erst zwanzig Stunden später geborgen. Er war mit Aufräumarbeiten in der Fischmehlfabrik beschäftigt gewesen, die, wie die Fischfabrik, in nur einem Augenblick dem Erdboden gleich gemacht wurde.

Das kurz darauffolgende Weihnachtsfest war überschattet von der Trauer um die Verstorbenen und dem Schock über die Katastrophe. Der Ort war tagelang über den Landweg von der Außenwelt abgeschnitten. Per Schiff kamen die Rettungs- und Aufräummannschaften, denn noch immer wurde nach Vermissten gesucht. Die anhaltenden Schneefälle erschwerten die Bergungsarbeiten. Für insgesamt zwölf Menschen kam jedoch die Rettung zu spät. Einen Tag vor Silvester wurden die Toten beerdigt. Fast alle Einwohner nahmen an der Trauerfeier teil, die anstatt wie üblich in der Kirche, im Festsaal des Versammlungshauses stattfand.

Bis Ostern lag die so unschuldig wirkende weiße Pracht wie eine schwere Decke über dem Ort, drohte das Leben unter ihr zu ersticken, raubte den Menschen den Schlaf. Die Berge, an deren Füßen die Häuser klebten, waren plötzlich zu einer Bedrohung geworden. Der Stolz und die Bewunderung der Schönheit dieser imponierenden Landschaft verwandelten sich in Hass und Angst.

Nach dem Unglück schauten die Menschen jeden Herbst bei den ersten Schneefällen mit Sorge hinauf in das mit Schluchten und Spalten durchzogene Felsmassiv, in dem sich zuerst der Schnee sammelte. Der Berg war ihr Feind geworden.

Zwei Jahre nach der Lawinenkatastrophe zogen meine Eltern mit mir nach Reykjavík. Viele waren geblieben, versuchten mit der Angst zu leben, sie zu verdrängen. An der Oberfläche schien das Unglück mit der Zeit vergessen, doch die Erinnerung blieb wie ein schmerzender Splitter in den Herzen der Menschen stecken.

Vor fünf Jahren machte ich auf einer Reise durch das Land mit meiner Frau und den Kindern einen Abstecher nach Neskaupstad. Es war Sommer. Nachdem wir den in groben Fels gehauenen Tunnel durch den Berg passiert hatten, lag eine atemberaubende Aussicht vor uns. Die Sonne tauchte den Fjord und die umliegenden Berge in ein warmes Licht. Neben der Straße grasten einträchtig Schafe und Pferde. Ich spürte Heimweh, als ich an die Sommer meiner Kindheit dachte, in denen ich die Tage bis spät in den hellen Abend draußen in den Bergen verbracht, das frische Wasser der Gebirgsbäche getrunken hatte und durch Wiesen und Weiden gestreunt war . Auch das Haus meiner Eltern stand noch auf seinem Platz. Die Fischfabrik war wieder aufgebaut worden. In der Cafeteria der Tankstelle traf ich meinen ehemaligen Vorarbeiter. Er erkannte mich sofort und setzte sich zu uns. Von draußen hörte man in regelmäßigen Abständen das Geräusch eines Hubschraubers.

„Die bauen jetzt da oben einen Lawinenschutzwall. Wurde auch Zeit", fügte er hinzu. Dann erzählte er uns, wie er von der Lawine verschüttet und ins Meer gefegt worden war. Er hatte sich aus eigener Kraft retten können und hatte keine körperlichen Verletzungen davongetragen. Doch ich wusste und sah es in seinen Augen, dass seine Seele den Schock nie überwinden würde. Meine Kinder fanden die Geschichte natürlich spannend und fragten mich danach stundenlang aus. Meine Antworten blieben knapp. Ich wollte nicht über das Lawinenunglück reden.

Jetzt bin ich wieder hier und es liegt Schnee. Für Morgen hat der Wetterbericht erneut Schneefall angesagt. Ich weiß, es hat sich viel geändert seit der Zeit. Nur selten kommt es vor, dass die Straße zum Pass unbefahrbar ist. Auch wird seit der Katastrophe der Berg im Winter ständig beobachtet. Der Lawinenschutzwall oberhalb des Ortskernes ist fertig. Dennoch steht ein Großteil der Häuser auf lawinengefährdetem Gebiet. Theoretisch kann auch heute noch überall in und außerhalb des Ortes eine Lawine heruntergehen. Ich will nicht daran denken und beschleunige mein Tempo. Der Frost beißt mir ins Gesicht, meine Hände und Füße sind klamm vor Kälte. Als ich an der Fischfabrik vorbeikomme, schaue ich kurz hinauf auf den Berg. Ein dunkler Schatten hebt sich bedrohlich vom sternenhellen Nachthimmel ab.

Fernweh

Mit nach vorne gebeugtem Oberkörper kämpfte er gegen die Sturmböen an. Die rechte Hand umklammerte fest die rote Posttasche. Die Linke zog die Kapuze seiner Regenjacke tiefer ins Gesicht. Regentropfen fielen vom Kapuzenrand auf seine Nase, blieben eine Sekunde lang auf der Nasenspitze hängen, bis sie zu Boden fielen.

Wenn der Wind von Süden die Berghänge herabfegte, brachte er Regen mit. Es war kein Regen, der lautlos und sanft vom Himmel fiel, sondern ein bestialischer Sturzregen, der einem brutal entgegenpeitschte und den Atem nahm. Ein silbergrauer Jeep raste vorbei. Schmutziges Pfützenwasser spritzte über den Gehweg. Vilhjálmur suchte Schutz im nächsten Hauseingang, stieß leise einen Fluch über das Wetter aus. Es gab keinen anständigen Winter mehr in diesem Land, nur noch ewig dauernden Herbst. Mit klammen Fingern griff er in die Posttasche. Die Post für Brekkugata 28 war sorgfältig mit einem Gummiband umwickelt. Wie an den meisten Haustüren im Ort hatten die Bewohner des Hauses auch hier kein Namensschild an der Tür angebracht. Wozu auch? Vilhjálmur trug seit mehr als 15 Jahren tagtäglich die Post aus. Er wusste, wer hier wohnte, wer ein- oder ausgezogen war oder sich gerade mehrere Wochen auf See befand. Manche der Wohnungen besaßen weder einen Postkasten noch einen Briefschlitz in der Tür. Die Bewohner ließen die Haustür unverschlossen, damit Vilhjálmur

Rechnungen, Bankauszüge, Werbezettel, Einladungen und andere briefliche Nachrichten in den Hausflur werfen konnte. Für Halldóra Sveinsdóttir hatte er heute eine Telefonrechnung, einen Brief von der Versicherung und eine Ansichtskarte. Sein Blick blieb auf der Ansichtskarte haften. Das Bild auf der Vorderseite zeigte einen von Palmen umsäumten Sandstrand, einen azurblauen Himmel und ein türkisfarbenes, zum Schwimmen einladendes Meer. Eine Bikinischönheit stand mit den Füßen im Wasser und blickte auf das Meer hinaus. Vielleicht sah sie eine weiße Segelyacht, die sich außerhalb des Bildausschnittes befand oder hielt Ausschau nach Delfinen.

Vilhjálmur öffnete die Haustür. Der unverkennbare Geruch von gekochten Schafsköpfen schlug ihm entgegen. Er warf die Telefonrechnung und den Brief von der Versicherung in den mit feuchten Schuhen vollgestellten Hausflur. Von der Küche her hörte er Stimmen. Halldóra hatte Gäste. Leise schloss er die Tür. Die Ansichtskarte hielt er noch immer in der Hand und steckte sie schließlich in seine Jackentasche.

Brekkugata 28 war das letzte Haus auf seiner Tour. Nur auf das Wetter konzentriert ging er auf das weißgestrichene Postgebäude am Ende der Straße zu. Ólis grüner Landrover stand vor dem Nebeneingang. Der Bauer, der nebenberuflich als Landpostbote arbeitete, holte die Post für die umliegenden Bauernhöfe ab.

„Ein Mistwetter ist das heute!“, rief Óli ihm entgegen, während er die vollgepackte Posttasche auf den Beifahrersitz schleuderte.

Vilhjálmur nickte. Zum Plaudern war ihm heute nicht zumute.

Der Sortierraum war leer. Aus dem Hintergrund hörte er Helgas Stimme. Sicherlich tauschte sie am Postschalter mit einer Freundin den neuesten Dorfklatsch aus. Vorschriftsmäßig räumte Vilhjálmur seine Posttasche weg und schrieb seine Arbeitszeit auf eine Liste. Dann ging er nach Hause. Sein kleines 1932 gebautes, mit Wellblech verkleidetes Haus lag fünf Gehminuten vom Postgebäude entfernt. Im Briefschlitz steckte die Tageszeitung. Das Papier war feucht. Wenigstens heute hätte der dumme Zeitungsjunge sie mal ganz durch den Türschlitz hindurchstecken können, dachte er verärgert. Während er in seiner Hosentasche nach dem Haustürschlüssel suchte, rann ein dünner Wasserstrahl seinen Rücken hinunter. Das Loch in der Regenrinne wartete schon seit dem Herbst auf Reparatur. Drinnen konnte er endlich die nassen Kleider ausziehen. Seine Wollsocken legte er zum Trocknen auf die Heizung. Die anderen Sachen warf er achtlos in die Badewanne.

Ein paar Minuten später saß Vilhjálmur an seinem Küchentisch. Gedankenverloren starrte er in seinen dampfenden Kaffeebecher. Plötzlich fiel ihm die Ansichtskarte ein. Er stand auf, schlurfte ins Badezimmer und fischte sie aus der Jackentasche der roten Postbotenjacke. Der Rand der Karte war von der Nässe aufgeweicht. Vilhjálmurs Hände zitterten, sein Herz klopfte und ihm wurde heiß und kalt. Er wusste, er würde das Briefgeheimnis verletzen, wenn er jetzt den Text auf der Rückseite las. Mit Sicherheit hatte er sich schon zu dem Zeitpunkt strafbar gemacht, als er die Karte in seine Jackentasche gesteckt hatte. So ein unbezwingbares unmoralisches Verhalten hatte ihn in seiner langjährigen Briefträgerlaufbahn noch niemals heimgesucht. Wieso gerade jetzt? Zaghaft drehte er die Karte herum. Wie erwartet war sie an Halldóra Sveinsdóttir, Brekkugata 28, 350 Grundarfjördur adressiert.

Liebe Dóra,

wir liegen hier bei 22 Grad im Schatten am Strand von Maspalomas und genießen die Sonne und das Meer. Es ist einfach herrlich! Das Hotel gefällt uns gut. Das Bier ist billig. Mit Bedauern denken wir an unseren Rückflug in drei Tagen.

Liebe Grüße aus Gran Canaria,
Ólöf und Jón.

Wo lag eigentlich Gran Canaria? Vilhjálmur holte seinen alten Schulatlas hervor. Die Kanarischen Inseln lagen nicht weit von der afrikanischen Küste entfernt und gehörten zu Spanien. Er schloss seine Augen. Erst hörte er nur das Heulen des Windes und das Klatschen des Regens an den Fensterscheiben. Dann wandelte sich plötzlich dieses Geräusch in sanftes Meeresrauschen. Eine laue Brise streifte sein Gesicht. Sonnenstrahlen streichelten seine Haut. Er konnte beinahe den rauen körnigen Sand zwischen seinen Zehen spüren. Island, Grundarfjördur, ekelhafter nichtaufhörender Regen, schneidend kalter Wind, all das war so weit weg. Sein Leben schien hier, an diesem Strand, federleicht zu sein und voller Farbe. Es gab keine Pflichten, keine Routine, keine schweren Posttaschen. Nach einer Weile öffnete Vilhjálmur widerwillig seine Augen. Hätte er jetzt in einen Spiegel geschaut, hätte er statt eines vergrämten, angespannten Alltagsgesichts friedvolle und entspannte Züge in seiner Miene entdeckt. Seine sonst trüben Augen leuchteten strahlend von der eben erlebten Reise.

Er nahm die Postkarte und hängte sie an die Wand seines Schlafzimmers, sodass er sie von seinem Bett aus sehen konnte.

Nur zweimal in seinem Leben hatte Vilhjálmur eine Reise unternommen. Vor sechs Jahren hatte er für eine Woche seinen Cousin auf den Westmännerinseln besucht. Vor drei Jahren einen alten Schulfreund in Húsavík. Für eine Reise ins Ausland reichte sein bescheidenes Briefträgergehalt nicht. Auch hatte er bis heute kein Verlangen gespürt, andere Länder kennenzulernen.

Halldóra erhielt schließlich ihre Karte, nachdem Ólöf und Jón schon fünf Wochen zu Hause waren. Vilhjálmur hatte sich fest vorgenommen, dass es bei diesem einen Vergehen bleiben sollte. Aber die Versuchung ist groß, wenn das erste Objekt der Begierde nach gewisser Zeit seinen Reiz verliert und ein neues sich in greifbarer Nähe befindet. Dieses Mal war es eine Postkarte von einem anderen Kontinent. Ein Surfer flitzte auf mannshohen, schaumgekrönten Wellen entlang der australischen Küste. Es sah so leicht wie Radfahren auf einer ebenen Landstraße aus. Vilhjálmur konnte nicht schwimmen, aber Surfen hatte ihn schon lange fasziniert. Mit der Postkarte in der Hand legte er sich auf das Sofa und versank in die Welt seiner Träume. Nicht einmal die in der Meerestiefe verborgenen Haifische machten ihm Angst. Er war der Held der Wellen.

Vilhjálmur hatte die Reiselust gepackt. Er bewunderte die Tulpenfelder Hollands, die Ruinen der Akropolis, die

Schlösser Englands, lag unter Palmen in der Karibik und nahm an einer Safari in Afrika teil. Sein Postbotendasein hatte sich verändert. Die Tagträume retteten ihn aus der zerstörenden Monotonie des Alltags. Er fühlte sich wie ein Abenteurer, der unentdeckte Welten eroberte. Leider hat jeder Traum ein Ende und das Erwachen kann schmerzhaft sein.

Kurz vor Weihnachten kam Vilhjálmurs Schwester Frída aus Reykjavík zu Besuch. Sie wollte ihrem Bruder einen Gefallen tun und räumte während seiner Abwesenheit, so wie es auf Island vor dem Fest Sitte ist, gründlich in der Wohnung auf. Die Postkarten an seiner Schlafzimmerwand weckten ihre Neugier. Vilhjálmur hatte wenige Freunde und Bekannte. Wer sollte ihm Ansichtskarten aus der ganzen Welt schicken? Vorsichtig nahm sie eine Karte nach der anderen von der Wand und las sie. Keiner der unterschriebenen Namen kam ihr bekannt vor. Erst als sie einen Blick auf die Adressen warf, wurde ihr klar, dass hier etwas nicht stimmte.

Eine Stunde später kam Vilhjálmur mit von der Kälte gerötetem Gesicht nach Hause. Frída stellte ihn zur Rede, und die Wahrheit kam an das Licht.

Trotz allem durfte Vilhjálmur weiter als Postbote arbeiten. Es hätte Monate gedauert, einen Nachfolger einzuarbeiten, da die Bewohner von Grundarfjördur es, wie schon erwähnt, selten für nötig hielten, Namensschilder an ihre Wohnungen anzubringen oder bei einem Umzug ihre Adresse ändern zu lassen. Es gab ja Vilhjálmur.

Das Vergehen des Postboten sprach sich schnell herum und weckte bei den meisten Dorfbewohnern Verständnis und ein gewisses Mitleid. Bei Wind und Wetter war der Arme draußen und ging seiner Arbeit nach, war es da ein Wunder, dass dieser Mann sich manchmal nach wärmeren Klimazonen sehnte? Von nun an bekam Vilhjálmur von allen, die eine Reise machten, eine an ihn persönlich adressierte Ansichtskarte geschickt. Seine Schlafzimmerwände waren innerhalb eines Jahres vollgeklebt mit Urlaubsgrüßen aus aller Welt. Einmal hatte sogar jemand unter seinem Namen an einem Reisepreisausschreiben teilgenommen. Vilhjálmur hatte Glück, er gewann eine Reise nach Gran Canaria.

Elfensommer

Ich hatte so gut wie keine Vorstellungen von diesem Land. Mein Verlag wollte ein neues Romanmanuskript. Mein Kopf war so leer wie mein Bankkonto, und ich musste etwas tun. Zufällig erfuhr ich von der Möglichkeit, nach Island zu reisen. Irgendwo im Osten des Landes wurde so erbärmlichen Schriftstellern wie mir eine Wohnung für ein paar Wochen zur Verfügung gestellt, um deren künstlerische Schaffenskraft zu reaktivieren. Ich lieh mir Geld von einem verständnisvollen Freund und kaufte ein Flugticket von Berlin nach Keflavík. Als ich im Flugzeug der isländischen Fluggesellschaft von einer freundlich lächelnden Stewardess eine Tageszeitung angeboten bekam, stellte ich erstaunt fest, dass das Land eine eigene Landessprache hatte.

Island empfing mich eher unfreundlich, mit Nieselregen, nebliger kalter Luft und einer Landschaft, die den Bildern der Mondoberfläche ähnelte. Ich vermisste Farbe, sah nur einen endlosen, milchiggrauen Himmel und dunkles, ödes Lavagestein.

In Reykjavík besserte sich meine Stimmung ein wenig. Vor mir breitete sich, abgesehen von ein paar Kleinigkeiten, die erst auf den zweiten Blick ins Auge fielen, das Bild einer deutschen Kleinstadt aus. Moderne Geschäftsgebäude, gepflegte Einfamilienhäuser, Sportplätze, Supermärkte, hupende Autofahrer. Erleichtert, aber dennoch ein wenig enttäuscht atmete ich auf.

Von der Hauptstadt aus flog ich in den Osten nach Egilsstadir. Dort holte mich ein Mann mittleren Alters mit einem klapprigen Landrover vom Flugplatz ab. Er trug einen dieser grob gestrickten Pullover aus isländischer Schafswolle und Schuhe, die wie amputierte Gummistiefel aussahen. Dazu sprach er weder Deutsch noch Englisch.

Hier im Osten gefiel mir die Landschaft. Zartes Grün schimmerte am Wegesrand durch das verdorrte Gras des Vorjahres. Schafe grasten mit ihren neugeborenen Lämmern auf den Wiesen. Hier und da entdeckte ich sogar ein paar Bäume. Nach etwa halbstündiger Fahrt hielt der Landrover vor einem Haus. Im Gegensatz zu den unscheinbaren Bauernhäusern, die ich unterwegs gesehen hatte, wirkte dieses Haus fast ein wenig zu extravagant auf mich.

Es war ein großes Gebäude mit einem grasbewachsenen Dach. Das helle, mit bunten Steinen durchsetzte Mauerwerk stand in freundlichem Kontrast zum Grün des Daches. Unter einer Art Bogengang begrüßte mich der Hausverwalter.

An meinem einfachen, dennoch geschmackvoll eingerichteten Zimmer hatte ich nichts auszusetzen. Ich setzte mich an den Schreibtisch und griff nach einem Prospekt, der dort wie zufällig herumlag. Das Haus war ein bekannter Kultursitz auf Island, in dem regelmäßig Kunstausstellungen veranstaltet wurden. 1498 stand an diesem Platz ein Kloster des Augustinerordens. 1939 ließ der Dichter Gunnar Gunnarsson das jetzige Haus von einem deutschen Architekten bauen und schenkte es später der isländischen Regierung.

Obwohl das Haus und seine Geschichte meine Neugierde weckte, wollte ich keine Zeit verlieren und möglichst schnell mit dem Schreiben anfangen. Entschlossen klappte ich meinen Laptop auf. Grau und leer starrte mich der Monitor an. Mein Verlag wollte einen Stoff, der sich verkaufen ließ. So eine deprimierende Story mit Sex, Gewalt, Drogen und komplizierten, menschlichen Gefühlen. Mit Erfolg hatte ich schon einiges in der Richtung geschrieben und keine Probleme damit gehabt. Nach ein paar endlos langen Minuten stellte ich fest, dass noch immer totale Flaute in meinem Gehirn herrschte. Über was konnte ich Durchschnittsmensch denn noch schreiben? Gab es überhaupt noch neuen Stoff? Waren nicht schon alle menschlichen Dramen, wenn auch in unterschiedlichen Formen, unzählige Male wiedergekäut worden? Wozu brauchten die Menschen in ihren mit Problemen beladenen Leben noch diese Problem beladenen Bücher? War es ein Trost zu lesen, dass es anderen noch schlechter ging? Oder lasen diese Bücher Leute, die keine Probleme hatten, die in der Eintönigkeit und Routine ihres Alltags gerne auf ungefährliche Weise in eine Welt voller Spannung und Komplikationen hinabtauchten, um wenigstens einen Hauch von Lebendigkeit in ihrem trostlosen Leben zu spüren? War dieser Stoff eigentlich noch der Stoff, über den ich schreiben wollte, oder drehte sich alles nur noch um Verkaufszahlen und Geld? Verdammt, wenn sich dieses Gedanken-Karussell in meinem Kopf so weiter drehte, würde ich auch hier nichts Gescheites zustande bringen.

Die nächsten Tage rührte ich den Laptop nicht an. Ich machte lange Spaziergänge, auf denen ich die Gegend erkundete. Zuerst hielt ich mich auf der Straße, wurde dann etwas mutiger und marschierte einfach drauf los, kletterte über Zäune, stapfte über unebene Heideflächen, durchwatete eiskalte Bergbäche. Eines Tages entdeckte ich oben auf einem Berg einen Wasserfall. Über einen Felsvorsprung fiel in einem dünnen Strahl glasklares Wasser in einen seichten, steinigen Fluss. Dunkle, durch die Feuchtigkeit glänzende Basaltsäulen umrahmten dieses Bild. Der Wasserfall lag ziemlich hoch. Als typischer Stadtmensch ließ meine Kondition zu wünschen übrig, und ich war ziemlich erschöpft nach diesem Aufstieg. Hinter einem Felsen fand ich einen vom Wind geschützten Grasfleck. Ich legte mich hin und schloss die Augen. In einem Traum sah ich ein Mädchen. Sie stand hinter dem Wasserfall. Ihr langes blondes Haar glänzte golden im Licht der Sonne. Durch den Wasserschleier erkannte ich, dass sie nackt war. Die Konturen des Gesichtes und ihres Körpers waren unscharf, doch versprachen sie eine zarte Schönheit. Das Mädchen streckte ihre bleichen Arme durch die Wasserwand nach mir aus, und ich hörte eine sanfte Stimme für mich unverständliche Worte rufen.

Plötzlich hatte ich das Gefühl, jemand wäre bei mir. Ich setzte mich auf und öffnete die Augen. Träumte ich noch immer? Vor mir stand diese elfenhafte Traumschönheit und lächelte mich freundlich an. Allerdings trug sie zu meiner großen Enttäuschung kein Evakostüm, sondern war in Jeans und Sweatshirt gekleidet. Es dauerte eine Weile, bis ich mich gesammelt hatte und ein ängstliches „Hallo“ herausbrachte. Wie sich kurze Zeit später herausstellte, sprach dieses auf den ersten Blick fast übernatürliche Wesen sogar Deutsch. Sie war die Tochter des Hausverwalters, hatte als Austauschstudentin ein Jahr in Deutschland gelebt und wollte nun in ihren Semesterferien ihrem Vater helfen.

Noch nie in meinem Leben war ich einem Mädchen gegenüber so schüchtern gewesen. Noch nie war mir ein Mädchen so offen und lebendig bei der ersten Begegnung gegenübergetreten. Sie setzte sich, ohne um Erlaubnis zu bitten, neben mich ins Gras und plapperte munter drauf los. Ich dagegen war eher wortkarg und starrte nur wie hypnotisiert auf ihre langen blonden Haare. Als ein kalter Wind aufkam, stand sie auf, reichte mir die Hand und half mir auf die Beine. Sie ging vor mir auf den schmalen Trampelpfaden der Schafe und ihre Haare flatterten im Wind. Beim Haus angekommen, trennten sich unsere Wege, doch sie versprach, mir in den nächsten Tagen mehr von der Umgebung zu zeigen. Wie in Trance ging ich auf mein Zimmer und warf mich aufs Bett. Vom Schreibtisch her starrte mein Laptop vorwurfsvoll zu mir hinüber. Wie hätte ich mich jetzt noch auf eine Drogenstory konzentrieren können?

Das Mädchen hieß Linda. Fast jeden Tag machten wir lange Spaziergänge. Sie wirkte auf mich wie ein Teil der isländischen Natur. Es hätte mich nicht gewundert, wenn sie plötzlich wie eine Elfe in einem Stein verschwunden wäre. Die Liebe für ihr Heimatland spiegelte sich so stark in ihren Worten und Gesten wider, dass ich mit Schrecken begriff, wie weit ich mich von der Natur und meiner Heimat entfernt hatte. Zuhause in Berlin schaute ich selten in den Himmel, nahm kaum wahr, ob es regnete oder die Sonne schien, kümmerte mich nicht um Pflanzen und Tiere. Linda war anders. Sie erzählte voller Ehrfurcht von dem huldufolk, das auf Island in Steinen und Hügeln wohnte und nicht von den Menschen gestört werden wollte. Wir beobachteten Lämmer, wie sie mit tapsigen Schritten ihren Müttern in die Berge folgten, und sammelten Pflanzen, um uns abends einen Kräutertee zu kochen.

Einmal fuhren wir abends mit dem Landrover auf das Hochland zu einer warmen Quelle. Ohne Scheu zog sich Linda vor mir aus und legte sich in das Wasser. Ich weiß nicht, wie lange wir dort waren. Irgendwie verlor sich hier die Zeit in den hellen Mittsommernächten. Wir lagen mit geschlossenen Augen im körperwarmen Wasser und lauschten auf die Stille. Anfangs machte mich dieses „absolut Nichts hören“ nervös, dann aber übermannte mich eine unfassbare Ruhe, die ich um nichts in der Welt mehr missen wollte.

Den eigentlichen Grund meiner Reise hatte ich vergessen. Abends lag ich im Bett und schrieb Liebesgedichte an Linda und ihr Land in mein Notizbuch. Am Tag vor meiner Abreise schliefen Linda und ich zusammen auf der Wiese beim Wasserfall.

Als ich später im Flugzeug nach Berlin saß und einen letzten Blick nach unten auf die Gletscher, die dunklen Sand- und Geröllwüsten warf, war mir klar, dass ich diesen Sommer eine unvergessliche Begegnung mit einem Wesen aus der Elfenwelt gemacht hatte. Konnte man darüber eine Geschichte schreiben?

Casanova on ice

Stolz betrachtete Erla ihre sorgfältig manikürten Fingernägel. Der blutrote Nagellack war eigentlich eine Spur zu aufdringlich für eine Kassiererin im Supermarkt. Auch hätte sie ihre Nägel kürzer schneiden sollen, um nicht in die Gefahr eines Nagelbruches zu geraten, wenn sie die Waren vom Laufband schob.

Es war Sonntagmittag. Nur ein paar Einheimische, denen die Milch ausgegangen war, liefen zwischen den am Vorabend aufgefüllten Regalen herum.

Seit einem Jahr arbeitete Erla im Supermarkt. Fast jedes Wochenende. Sie ging noch zur Schule und brauchte Geld. Außerdem hatte sie an den Wochenenden sowieso nichts Besseres zu tun. Wenn sie mit der Schule fertig war, wollte sie raus aus diesem Kaff. Manchmal überkam sie das Gefühl, sie lebte am Ende der Welt. Nicht einmal ein Kino gab es hier. Jeder Tag ähnelte so sehr dem Vortag, dass sie mit vollkommener Sicherheit behaupten konnte, die Zeit verginge hier langsamer als anderswo.

Irgendwann wollte Erla in ein anderes Land gehen. Vielleicht nach Amerika. Die amerikanischen Fernsehserien, die ihr abends die Zeit vertrieben, versprachen ein bunteres Leben, mehr Abwechslung, Spannung, Wohlstand. Irgendetwas musste doch dran sein an diesem „American dream“! Jedes Land würde besser sein als diese Einöde. Wären da nicht die Sonntage gewesen, wäre sie wahrscheinlich schon vor Langeweile gestorben.

Seit etwa einem halben Jahr hatte sich die Lage nämlich etwas gebessert. Nun kamen sonntagnachmittags Männer in den Ort, richtige Männer, romantische Männer, erregende Männer. Die blonden, schlaksigen, pickeligen Jünglinge aus Erlas Schule wirkten dagegen blass und farblos. Sie interessierten Erla nicht. Diese Männer hatten einen dunklen Teint und besaßen eine exotische Aura. Sie kamen aus fremden Ländern, Portugal, Italien, Rumänien, einige sogar aus China. Schon bald bemerkten die Männer, dass an Kasse Nummer 3 ein Mädchen saß, das zwar ein wenig pummelig aber immer sorgfältig gekleidet und geschminkt war. Diese junge Frau brachte mit ihrem freundlichen Lächeln und ihren flirtenden Augen eine wohltuende Wärme in die vom langen Aufenthalt in der kalten Ferne abgekühlten Herzen der Hochlandarbeiter. Obwohl an den anderen Kassen kaum Betrieb herrschte, drängten sich an Erlas Kasse immer von Neuem müde, unrasierte, männliche Wesen, denen das Warten wenig auszumachen schien.

Die Fremdlinge blieben nur ein paar Stunden im Ort, dann brachten die Busse sie wieder zurück auf das Hochland, wo sie Tag und Nacht an dem Bau eines Stauwerkes arbeiteten. Die Einheimischen, die sich zu schade dafür waren, für einen Hungerlohn irgendwo auf dem einsamen isländischen Hochland Schwerstarbeit zu leisten, betrachteten die dunkelhaarigen, sonntäglichen Besucher mit einer Mischung aus vornehmer Zurückhaltung und Mitleid. Mit der Zeit vermieden sie es, zu dieser Zeit in die Geschäfte zu kommen.

Es passierte, was passieren musste. Erla verguckte sich in einen der Männer. Er kam oft zwei oder drei Mal an einem Sonntag an ihre Kasse, kaufte eine Kleinigkeit und schaute ihr tief in die Augen. Anfangs errötete sie beschämt. Ein Kollege nannte ihn Paulo. Er war Portugiese und sprach gebrochenes Englisch. Irgendwann fragte er sie, ob sie nicht auch mal sonntags frei hätte. Nächsten Sonntag, antwortete Erla, obwohl das nicht stimmte. Aber sie würde ihre Chefin schon überreden, ihr frei zu geben.

Am darauffolgenden Sonntag ging Erla ins Café Nielsen. Dort trafen sich die Hochlandarbeiter, um teuren Rotwein von billiger Qualität und das teuerste Bier Europas zu trinken. Im dicht besetzten Raum hing Zigarettenrauch, ein Gewirr von Stimmen in allen möglichen Sprachen und Tonarten drang zu ihr hinüber. Erla entdeckte Paulo sofort. Er winkte ihr von einem der Ecktische unter der Dachschräge zu. Jemand schob ihr einen Stuhl hin, und sie setzte sich zu ihm. Angeregt unterhielt sich Paulo auf portugiesisch mit zwei anderen Männern am Tisch, die aber nach einer Weile aufstanden und sich zu einer anderen Gruppe setzten. Paulo entpuppte sich als südländischer Charmeur. Und Erla schmolz dahin wie Eis unter der kochenden Lava. Sie sprach wenig. Es genügte ihr, ihm zuzuhören und in seine dunklen, glänzenden Augen zu blicken. Paulo erzählte von seiner Heimat, der Sonne, dem Meer, dem isländischen Salzfisch, den die Portugiesen so liebten. Erla verstand nur Bruchstücke seiner Erzählung. Sie lächelte und nickte zustimmend, während sie an ihrem Rotwein nippte. Nach etwa einer Stunde, die für Erla mit so einer Schnelligkeit verging, dass sie zuerst glaubte, ihre Armbanduhr zeigte die verkehrte Zeit an, rief einer der Männer in unverständlichem Englisch etwas durch den Saal. Es musste das Zeichen zum Aufbruch gewesen sein. Die Portugiesen, Italiener, Chinesen und wer weiß was für Nationen erhoben sich mürrisch und trotteten zum Ausgang. Paulo sagte, er müsse in zehn Minuten beim Bus sein, küsste Erla flüchtig auf die Wange und schloss sich den anderen Männern an.

Erla war happy. Endlich passierte etwas in ihrem Leben. Die Tage bis zum nächsten Sonntag schienen unendlich lang. Gerne verfiel sie in den Unterrichtsstunden in Tagträume. Träumte von dunkelhäutigen, halbnackten Casanovas an weißen Sandstränden.

Am nächsten Sonntag saß sie wieder an der Kasse des Supermarktes. Paulo kam mindestens fünf Mal an ihre Kasse, flüsterte ihr zärtliche Worte zu, die sie nur halb verstand. Sie entschloss sich, ihre Arbeit an den Wochenenden aufzugeben. Wozu brauchte sie noch das Geld? Sie hatte doch Paulo. Er würde ihr die ersehnte Freiheit schenken, da gab es für sie keinen Zweifel.

Erla wohnte in einer Kellerwohnung eines Einfamilienhauses. Es gehörte einer alten, schwerhörigen Frau, die selten Besuch bekam und tagsüber in ihrem Sessel vor dem Wohnzimmerfenster saß und in den Himmel starrte. Die Miete betrug nur ein paar tausend Kronen, dafür putzte Erla einmal die Woche die Wohnung der Frau.

Von nun an ging Paulo jeden Sonntag anstatt ins Café zu ihr. Erla besorgte den Rotwein. Zwei Stunden dauerten ihre sonntäglichen Treffen. Paulo entsprach ganz Erlas Vorstellungen von einem feurigen Liebhaber. Bis zum nächsten Treffen schwebte sie auf rosa Wolken durch die Gänge ihrer Schule und verpatzte eine Prüfung nach der anderen. Paulo hatte bei der Firma, die das Stauwerk baute, einen Einjahresvertrag unterschrieben.

In den Osterferien bot sich für Erla die Gelegenheit, Paulo auf dem Hochland in seinem Arbeitscamp zu besuchen. Ein Cousin von ihr nahm sie mit seinem Lastwagen mit. Es sollte eine Überraschung werden. Von weitem sah die Baustelle des Stauwerkes wie ein überdimensionaler Sandkasten aus, in dem Bagger und Bulldozer riesige Sandmengen hin und her bewegten. Noch hatte dieses größte Bauwerk in der Geschichte Islands keine für Laien erkennbaren Formen angenommen, wirkte wie ein Spielplatz für kleine Jungen, die unbesonnen im Sand buddelten. Ein dumpfes Beben erschütterte die Luft. Erlas Cousin erklärte ihr, dass hier fast täglich unterirdisch gesprengt wurde.

Sie fuhren in das Containerdorf der Arbeiter hinein. Dunkelgrüne, gleichaussehende Kästen reihten sich dicht an dicht auf dem steinigen Boden. Vielleicht hatte man die Container grün gestrichen, weil hier auf dem kargen windigen Hochland weder Baum noch Strauch wuchs, dachte Erla und schmunzelte, als sie eine vom letzten Weihnachtsfest verdorrte Tanne entdeckte, die traurig im Wind schaukelte.

Es war Mittagszeit. Vielleicht würde sie Paulo in der Kantine treffen oder zumindest jemanden finden, der ihr sagen konnte, in welchem der hässlichen Container er wohnte. Beim Betreten der Kantine musste sich Erla durch mehrere hundert Paar Schuhe kämpfen, die verdreckt und durcheinander im Vorraum verteilt waren. Die Warteschlange vor der Essensausgabe reichte fast bis zum Eingang. Eine undefinierbare Mixtur von Essensgeruch, Schweißausdünstungen und einer Spur von Rasierwasser schlug ihr entgegen und nahm ihr fast den Atem. Dazu kam das Gemurmel von fremdländischen Stimmen. Portugiesisch, Italienisch, Chinesisch, Isländisch vermischten sich zu einem ungenießbaren Sprachencocktail, der in Erlas Ohren eher Abscheu als Fernweh erzeugte. In diesem Menschengewimmel würde sie ihren Geliebten niemals finden.

Während sie enttäuscht ihre Schuhe unter einem Haufen von derben Arbeitsstiefeln herauszog, hörte sie die ihr flüchtig bekannten Stimmen von Paulos Freunden, die gerade die Kantine betraten. Nach einem komplizierten Wortwechsel erfuhr sie, in welchem der Container Paulo wohnte. Es dauerte eine Weile, bis sie Paulos Behausung fand. Etwa eine Viertelstunde war sie durch das Containerdorf geirrt. Der kalte Wind kroch durch den dünnen Stoff ihrer Jacke, und als sie schon die Suche aufgeben wollte, entdeckte sie die Tür mit seinem Namensschild. Niemand öffnete auf ihr Klopfen. Doch die Tür war zu ihrer großen Freude unverschlossen. Sicherlich würde Paulo in seiner Mittagspause vorbeischauen, dachte Erla und ihr Herz klopfte wild vor Erwartung. Vorsichtig betrat sie Paulos Wohn- und Schlafraum. Sie hatte sich vor ihrem Besuch kaum Vorstellungen von den Wohnverhältnissen im Arbeitscamp gemacht, doch was sie hier sah, verschlug ihr fast die Sprache. Der längliche schmale Raum war nur mit den allernotwendigsten Möbeln eingerichtet. Ein Bett, ein Stuhl, ein Tisch und ein einfacher Kleiderschrank. Von der von Feuchtigkeit fleckigen Decke hing eine nackte Glühbirne. Die kahlen weißen Wände unterstrichen die gefühlskalte Atmosphäre des Raumes, der eher an eine Gefängniszelle als an ein Heim erinnerte. Dreckige Socken und zwei leere Bierdosen lagen auf dem staubigen Fußboden. Das winzige Fenster ließ nur bedingt Helligkeit hinein und wurde wahrscheinlich nur selten zum Lüften geöffnet. Es roch muffig.

Erlas Blick fiel auf ein Familienfoto, das in einem schlichten Rahmen auf dem Tisch neben dem Bett stand. Sie trat näher und nahm es in die Hand. Das Foto zeigte einen lächelnden Paulo, der eine junge hübsche, dunkelhaarige Frau in seinem Arm hielt und drei frech grinsende Kinder. Das Jüngste mochte vielleicht zwei, das Älteste acht Jahre alt sein. Plötzlich verschwamm dieses Bild vor Erlas Augen. Ebenso verschwammen ihre Hoffnungen und Träume von einem gemeinsamen Leben mit Paulo in Portugal. Er hatte also eine Frau und drei Kinder in seiner Heimat. Niemals würde er sie dahin mitnehmen. Wie dumm war sie gewesen! Wie naiv! Wahrscheinlich schickte er jede Krone, die er auf Island verdiente, an seine Familie. Nie hatte sie ihn nach dem Grund seines Aufenthaltes in diesem kalten Land gefragt. Schlagartig wurde ihr klar, dass ihre Beziehung eine willkommene Abwechslung und ein billiges Vergnügen im Alltag dieser Einöde für ihn gewesen war. Mit verheulten Augen rannte Erla aus dem Container. Sie fand ihren Cousin und bat ihn, sie wieder nach Hause zu fahren. Auf eine Begegnung und Aussprache mit Paulo legte sie keinen Wert.

Zu Hause angekommen suchte sie die Telefonnummer der Fischfabrik an der Westküste heraus.

Ja, sie könnte dort sofort Arbeit bekommen. Auch ein Zimmer stände zur Verfügung.

Mit zusammengebissenen Zähnen knallte Erla den Hörer aufs Telefon.

Der Adler

Ich rauchte, obwohl ich nicht rauchen wollte. Ich trank Alkohol, obwohl ich keinen Alkohol mochte. Ich brauchte die Clique. Ohne die Clique wäre ich ein Freak gewesen. Der Adler war ein Freak. Er war anders als wir es waren. Zumindest benahm er sich anders.

Seit Sam, unser Anführer, die Tätowierung entdeckt hatte, wurde der Neue „Adler" genannt. Sam fand die Tätowierung cool. Der Adler war es nicht. Er zeigte kein Interesse an Sam, und damit war er unten durch. Sam hatte schon nach einer Woche das Urteil ausgesprochen: Ausgestoßen. Die Anderen aus der Clique hielten sich daran. Sam war der Boss, der Adler sein neues Opfer. Ich wusste, was das Urteil bedeutete. Als ich vor zwei Jahren in die Klasse kam, hatte Tanja es mir erklärt.

„Du musst mitmachen, Lilja, sonst überlebst du das nicht. Die Clique behandelt dich sonst wie eine Aussätzige. Keiner will mit dir befreundet sein."

Der Adler hat das Urteil nicht überlebt. Er ist geflogen und abgestürzt. Ich habe dabei mitgemacht.

Der Adler war mit seinen Eltern, die vor fünf Jahren als polnische Gastarbeiter nach Island kamen, von der Westküste nach Reykjavík gezogen. Da der Fisch jetzt auf See verarbeitet wurde, gab es am Land keine Arbeit mehr für sie.

Der Adler, der mit richtigem Namen Pawel hieß, hatte ständig einen iPod im Ohr. Er redete mit niemandem. Wenn ihn mal jemand ansprach, lächelte er gequält. Ich glaube, er war schüchtern oder hatte Angst. Einmal traf ich ihn im Park. Er saß auf einer Bank, hatte seinen iPod im Ohr und schaute den Enten auf dem Teich zu. Ich setzte mich zu ihm.

„Hallo."

„Hallo", antwortete er und schaute kurz zu mir hinüber. Dann hüllte er sich in Schweigen. Nach einer Weile überlegte ich, ob ich aufstehen und weitergehen sollte, aber meine Neugierde hielt mich davon ab.

„Was hörst du für Musik?"

„Ähm, Iron Maiden, Deep Purple und so."

„Du stehst nicht auf Techno oder Hip Hop?"

„Nee", war die kurze Antwort.

„Spielst du Gitarre oder so?"

Es folgte ein kurzes Nicken. Ich konnte mir gut vorstellen, dass er zu Hause manchmal den Verstärker aufdrehte und seine langen dunklen Haare zum Takt der Rockmusik durch die Luft schmiss.

Langsam wurde ich ungeduldig. Konnte er nicht wenigstens seinen iPod aus dem Ohr nehmen, wenn er mit mir sprach? Ich schaute ihn von der Seite an. Er wirkte traurig, einsam.

„Was willst du mal werden?"

„Gitarrist", antwortete er und schaute vor sich auf den Boden, wo noch ein paar Krümel Brot vom letzten Entenfüttern herumlagen. Dann stand er auf.

„Ich muss los", sagte er und ging.

Er tat mir leid. Trotzdem war ich wütend auf ihn. Ich hatte hier einiges riskiert. Was wäre gewesen, wenn mich jemand aus der Clique mit dem Adler gesehen hätte? Hatte der Typ überhaupt Interesse, jemanden aus der Klasse kennenzulernen? Wenn er sich so abweisend gegenüber anderen verhielt, würde er immer der Ausgestoßene bleiben. Nicht einmal Tanja erzählte ich, dass ich mit dem Adler geredet hatte.

In der Schule lief alles wie gewohnt. Die Clique hielt zusammen wie Pech und Schwefel. Sam wurde immer gereizter dem Adler gegenüber. Die Anderen machten mit. Mal waren es seine Klamotten, über die er herzog, dann wieder seine Haare oder er zog ihm im Vorbeigehen den iPod aus den Ohren. Ich schaute zu, sagte nichts. Der Adler wurde von Tag zu Tag wachsamer, wie ein verfolgtes Tier, das in ständiger Angst lebte. Niemand sah es, aber ich fühlte es. Ich fühlte seine Hilflosigkeit, seine Unsicherheit, seine Erstarrung, wenn Sam vor ihm stand. Ich hatte Angst um ihn, aber ich tat nichts. Ich sagte nicht einmal mehr „Hallo“ zu ihm.

An einem regnerischen Frühlingsabend traf sich die Clique auf dem Spielplatz. Ich kam etwas später, da ich für meine Mutter, die mit einer Grippe im Bett lag, noch etwas einkaufen musste. Sam saß auf der Schaukel mit einer Bierflasche in der Hand. Die Anderen standen herum, rauchten oder quatschten.

„Hey Lilja, willst du nicht ein bisschen schaukeln?“, rief Sam mir zu und klatschte mit der Hand auffordernd auf seine Schenkel.

Ich schluckte. Sam war der Anführer. Alle mochten ihn. Vor einer Woche hatte er Dagný den Laufpass gegeben. Was wollte er denn jetzt bloß von mir? Tanja gab mir einen Stoß. Ich zögerte, konnte aber nichts anderes tun als mich auf seinen Schoß zu setzen und so zu tun, als ob dies eine Ehre wäre. Sam legte mir den Arm um die Schultern und grinste. Da sah ich den Adler. Er kam den Weg entlang und trug seine Gitarrentasche bei sich. Er hielt den Kopf gesenkt. Seine regennassen Haare bewegten sich im Takt seines Ganges. Auch Sam hatte den Adler entdeckt.

„Hey, Adler, willst 'ne Flasche Bier?"

Der Adler ging weiter. Wahrscheinlich hatte er seinen iPod im Ohr.

„Hey, Adler! Sam redet mit dir. Bleib stehen!", schrie Sam und stand auf. Ich rutschte erleichtert von seinem Schoß. Noch immer ging der Adler weiter ohne sich umzudrehen. Sam guckte Rúnar und Matti an.

„Los, holt ihn her", befahl er. Rúnar und Matti liefen los. Sie stoppten den Adler, indem sie an seiner schwarzen Jacke zogen. Ich konnte nicht hören, was sie redeten. Der Adler ging mit ihnen.

„Willst 'nen Schluck Bier?", fragte Sam und hielt dem Adler die Flasche hin.

„Nein, danke", antwortete der Adler.

„'Ne Zigarette?"

Der Adler schüttelte den Kopf.

„Dann zeig uns doch mal deine Gitarre."

Der Adler nuschelte etwas vor sich hin.

„Ey, ich verstehe kein Polnisch. Sprich lauter, aber auf Isländisch!", grölte Sam.

„Es regnet."

„Na und? Los komm, nun zeig sie uns schon ... los Matti, hilf ihm mal!“

Matti riss dem Adler die Gitarrentasche aus der Hand. Ich sah, wie die Augen des Adlers sich mit Tränen füllten. Ich wusste es und er wusste es. Sam würde die Gitarre kaputt machen. Sam öffnete die Tasche und zog das Instrument heraus.

„Nicht schlecht“, sagte er und zupfte ein bisschen an den Saiten.

„Mal sehen, was die aushält.“ Dann griff er die Gitarre am Hals und schlug sie mit aller Kraft auf das Sitzbrett der Schaukel. Der Adler machte einen Schritt vorwärts.

„Na, gefällt es dir? Das machen die doch auch in den Rockkonzerten mit ihren Gitarren.“ Sam schlug ein zweites Mal zu, dann ein drittes Mal, bis der Hals der Gitarre zerbrach. Die Anderen schauten gebannt zu. Ich schaute nur den Adler an. Er hielt die Fäuste geballt, Tränen liefen über sein Gesicht. Dann drehte er sich abrupt um und lief weg.

In der Nacht hörte ich den Unfallwagen. Blaues blinkendes Licht drang durch den Spalt der Vorhänge. Ich stand auf und schaute aus dem Fenster. Vor dem Hochhaus gegenüber ein Polizei- und ein Unfallwagen. Am nächsten Morgen erfuhr ich es. Der Adler war geflogen, aus dem 8. Stock.

Ein weiter Weg

Ich besuche die 81-jährige Grete Karlsdóttir am zweiten Adventssonntag. Seit Tagen habe ich auf gutes Wetter gehofft, und tatsächlich, der Wetterbericht verspricht weder Schneesturm noch Glatteis. Die Straße über den Gebirgspass ist vom Schnee geräumt. Mein Leihwagen kriecht ächzend die kurvenreiche Straße hinauf. Vielleicht hätte ich doch lieber einen Jeep mieten sollen. Oben angekommen kann ich im grauen Tageslicht das dunkle Wasser des Seydisfjördur sehen. Irgendwo dort unten, von einer majestätischen Bergkette umrahmt, liegt der nach dem Fjord benannte Ort, seit mehr als einem halben Jahrhundert der Wohnort der in 1929 in Königsberg geborenen Grete Karlsdóttir, geb. Schuster.

Die alte Dame empfängt mich mit heißem Kaffee, dem Nationalgetränk der Isländer, und hauchdünnen mit Sahne und Blaubeermarmelade gefüllten Pfannkuchen. Sie freut sich über meinen Besuch. Endlich hat sie wieder mal Gelegenheit, Deutsch zu sprechen. Noch bevor ich mein Diktiergerät aus meiner Tasche gekramt habe, fängt sie an zu erzählen.

In Königsberg hat sie ihre Kindheit verbracht. 1945 flüchtet sie mit ihrer Mutter und ihrem Bruder nach Cuxhaven an die Nordseeküste. Dort fängt das Islandabenteuer an. Eines Tages stößt das junge Mädchen auf eine Anzeige des isländischen Konsulats in Lübeck. Es werden Arbeitskräfte auf dem Land und in der Stadt für Island gesucht. Insbesondere Frauen sind erwünscht. Als Voraussetzung gelten Grundkenntnisse der englischen Sprache und ein Mindestalter von zwanzig Jahren. Die knapp zwanzigjährige Grete bekommt Fernweh. Was hat sie schon zu verlieren? In dem vom Krieg zerstörten Deutschland herrscht die Währungsreform, der Großteil der aus dem Osten kommenden Flüchtlinge ist arbeitslos, niemand hat Geld und die Zukunft sieht trübe aus. Sie legt ihr letztes Geld in warme Kleidung an und hofft, im fremden Land vielleicht auch den Mann fürs Leben zu finden.

Hatte sie irgendwelche Vorstellungen von der weit entfernten Insel im Nordatlantik? Wusste sie etwas über das Land, das Klima und die Kultur dort?

„Rein gar nichts", antwortet sie lächelnd und steckt sich eine Zigarette an.

„In der Schule wurde Island nicht erwähnt."

Es wird eine Reise ins Ungewisse. Ein Fischdampfer nimmt die junge Deutsche im Herbst 1949 nach Island mit. Ein paar Monate zuvor war der isländische Passagierdampfer „Esja" mit 170 Frauen und ein paar wenigen Männer von Hamburg nach Reykjavík ausgelaufen. Nach vier anstrengenden endlosen Tagen auf dem stürmischen Ozean erreicht das mutige Mädchen die Hauptstadt Islands. Dort lernt sie ihren künftigen Arbeitgeber kennen. Sie hat Glück, anstatt einer Arbeit auf einem einsamen Hof erhält sie eine Anstellung als Haushaltshilfe bei einer wohlhabenden Kaufmannsfamilie in Reykjavík. Anfangs kann sie sich notdürftig auf Englisch verständigen. Nach einem Jahr verlangt man von ihr, die isländische Sprache zu lernen. Grete ist zufrieden mit ihrer Arbeit und fühlt sich sicher auf Island. Dann bezahlt die Kaufmannsfamilie der Deutschen eine Überfahrt in ihre Heimat. Sie besucht ihre Mutter in Cuxhaven, kehrt aber wieder nach Reykjavík zurück. Ob das damals ein Fehler war, möchte sie nicht zugeben.

Während eines Krankenhausaufenthaltes lernt Grete ihren Mann Sigurdur kennen. Auch er liegt im Krankenhaus, und das junge Paar hat Zeit und Gelegenheit, sich näher kennenzulernen. Sigurdur, genannt Siggi, ist in einem Fischerdorf an der Ostküste Islands aufgewachsen, und dort zieht es ihn wieder hin. Grete kündigt kurze Zeit später ihre Arbeitsstelle und fährt mit ihrem Mann nach Seydisfjördur. Dort wohnen die Eheleute im Haus des Schwiegervaters, einem Gewohnheitstrinker. Die inzwischen Mutter gewordene Grete ist enttäuscht von den primitiven Wohnverhältnissen, der Enge und dem ungehobelten Benehmen des Schwiegervaters. Am liebsten wäre sie damals zurück nach Reykjavík gefahren. Doch sie ist wieder schwanger. Auch Siggi zeigt sich dem Alkohol nicht abgeneigt und trifft sich immer öfters mit seinen Kumpanen zum Trinkgelage in der winzigen Kellerwohnung. Geld bekommt die Deutsche selten zu sehen. Lebensmittel werden beim Kaufmann angeschrieben.

Sie lacht, als sie an das peinliche Erlebnis denkt, das sie am Anfang ihrer Zeit in Seydisfjördur hatte. Sie wollte den Arbeitgeber ihres Mannes, der zur See fuhr, um einen Gehaltsvorschuss bitten. Irgendwie rutschten ihr wohl die falschen Worte aus dem Mund, denn der Mann schaute sie an, als ob sie ihn ausrauben wollte. Damals schämte sie sich zutiefst für ihre schlechten Sprachkenntnisse.

Grete erinnert sich nicht gerne an diese schwere Zeit, möchte sie am liebsten aus ihrem Gedächtnis verdrängen. Jedoch ist ein Erlebnis für sie heute noch unvergesslich. Damals litt sie an einer panischen Angst vor Hunden. Einmal stürzte sich völlig unerwartet ein Hund auf sie. Die hochschwangere Grete erschrak zu Tode. Als Folge von diesem Schreck, da ist sie sich sicher, hat der kurz darauf geborene Sohn ein behaartes Muttermal in der Form eines Hundes davongetragen.

1962 nehmen Grete und Sigurdur eine Stelle als Hausmeisterehepaar in der örtlichen Grundschule an und ziehen in eine eigene Wohnung. Grete erhofft sich eine Besserung ihrer Lebensumstände. Der Schein trügt. An ihr allein bleibt die Hausarbeit und die Versorgung der Kinder hängen, deren Zahl inzwischen auf fünf angewachsen ist. Siggi trifft sich weiterhin mit seinen Kameraden und ist selten zu Hause.

Nebenbei arbeitet Grete in der Fischfabrik, in der Dorsch eingesalzen wird. Trotzdem bleibt das Geld knapp. Ihr wird eine Stelle als Altenpflegerin angeboten, die sie dankbar annimmt. Mit Schichtarbeit ließen sich ein paar Kronen mehr verdienen. Sie bekommt kaum Schlaf. Tagsüber kümmert sie sich um den Haushalt und die fünf Kinder, nachts hat sie Dienst im Altenwohnheim.

Hat Grete in dieser trostlosen Lage nicht manchmal daran gedacht, in ihre alte Heimat, in der sich inzwischen die wirtschaftliche Situation deutlich verbessert hatte, zurückzukehren?

„Nein, niemals“, behauptet sie mit fester Stimme und zieht hastig an ihrer Zigarette.

„Drei oder vier Mal bin ich mit dem Fischtrawler zu meiner Mutter nach Cuxhaven gefahren. Aber dableiben wollte ich nicht."

Auch Sigurdur hatte kein Interesse, sein Glück in Deutschland zu versuchen. Und dann waren da ja noch die fünf Söhne. Auf keinen Fall sollten sie zur Bundeswehr. Auf Island gab es kein Militär, hier konnten sie nicht eingezogen werden.

Manchmal erhielt sie Besuch von deutschen Fischern, deren Trawler im Hafen lagen. Dann bekam sie Zeitschriften und deutsche Wurst geschenkt. Das war fast wie Weihnachten.

Fühlt sie sich nach dieser langen Zeit auf Island überhaupt noch als Deutsche?

„Ich glaube, ich bin inzwischen mehr Isländerin als Deutsche."

Ich bezweifle diese Behauptung, denn auch nach knapp 60 Jahren spricht sie die deutsche Sprache fließend und ohne Akzent. Sie hat durch die Jahre Kontakt mit anderen deutschen Frauen gehalten, die es wie sie nach dem Krieg nach Island verschlagen hatte. Jetzt lebten nur noch ein paar von ihnen.

Schimpfen tut sie auch heute noch über die, wie sie meint, typischen Charakterzüge der Isländer.

„Die Isländer sind gleichgültiger und verantwortungsloser als wir Deutsche. Sie sind stets unpünktlich und trinken zuviel."

Der lange dunkle Winter, das Abgeschlossensein von der Außenwelt, wenn in den Bergen rund um den Fjord meterhoch der Schnee liegt und Lawinengefahr herrscht, ist jetzt Gift für ihr Rheuma und ihren Seelenzustand.

„Mit dem rauen Klima und den Naturgewalten muss man sich eben abfinden“, sagt sie leise und starrt einen Augenblick abwesend aus dem Fenster auf die weiße Winterlandschaft.

Zieht Grete Karlsdóttir Bilanz aus ihrem Leben, muss sie zugeben, dass die Zeit auf Island kein Zuckerschlecken war. Sie hat nie genug Geld gehabt. Ihre bescheidene Rente reicht auch jetzt gerade für das Lebensnotwendigste. Sie träumt von einem Urlaub. Aber ein Ausflug in die nächstgrößere Stadt würde ihr auch schon genügen. Das Ehepaar hat nie ein Auto besessen, da Sigurdur keinen Führerschein hatte. In Cuxhaven war sie zuletzt vor über zwanzig Jahren.

„Ich glaube, ich würde mich in Deutschland auch gar nicht mehr zurechtfinden.“

Und dann nach einer Pause gibt sie kleinlaut zu, dass sie insbesondere in der Weihnachtszeit, wenn sie im Radio die Melodien deutscher Weihnachtslieder hört, doch manchmal ein klein wenig Heimweh nach Deutschland bekommt.

„Zurück möchte ich trotzdem nicht“, fügt sie hinzu.

Dorsche haben traurige Augen

Das Schneetreiben hatte aufgehört, der Himmel war wieder klar. Millionen Sterne funkelten wie Diamanten am pechschwarzen Morgenhimmel. Die frische Luft tat gut. Durch die offene Tür des Versammlungshauses drangen Akkordeonmusik und dumpfes Stimmengewirr nach draußen. Ein junger Mann torkelte auf den Eingang zu, verschwand im Zigarettendunst.

Das Pochen in ihrem Kopf hatte nachgelassen. Das beengende Gefühl in ihrer Brust war immer noch da. Als sie Björn mit der anderen Frau gesehen hatte, hatte sich eine eiskalte verkrampfte Hand um ihr Herz gelegt, versucht, es zu zerdrücken, langsam und qualvoll. Eine Folter, die sie kannte und nicht länger ertragen wollte oder konnte.

Ásta ging mit schweren Schritten die Dorfstraße hinunter. Außer ihr war niemand unterwegs. Entweder lagen die Leute zu Hause in ihren Betten oder amüsierten sich noch beim Thorrablót. An der Hafenmole schaukelten im fahlen Licht des Mondes zwei alte Kutter. Obwohl der Wind nachgelassen hatte, war die Oberfläche des Wassers mit kräuselnden Wellen bedeckt.

Das Meer hatte Ásta schon als Kind magisch angezogen. Die unfassbare Weite und die geheimnisvolle Dunkelheit der Tiefe faszinierten sie und machten ihr gleichzeitig Angst. Diese Unendlichkeit rief in ihr ein Gefühl der Verlorenheit und eine Sehnsucht nach Geborgenheit wach. Schaute sie in den Sternenhimmel, spürte sie ebenfalls dieses ungläubige Staunen. Der Himmel schien jedoch in diesem Augenblick weit von ihr entfernt. Das Meer befand sich direkt vor ihren Füßen.

Ástas Haus lag am Ende der Straße. In weniger als zehn Minuten wäre sie dort gewesen, hätte sich müde ins Bett fallen lassen können, hätte still ein paar Tränen vergossen, während sich ihre Gedanken wild im Kreise drehten und ihr den Schlaf raubten. Sie hätte auf Björn gewartet. Wenn er dann irgendwann nach Hause gekommen wäre, hätte sie so getan, als ob sie schliefe.

Wie hypnotisiert starrte Ásta zu der grauen, weit in den Fjord reichenden Betonmole und änderte plötzlich ihre Richtung. Am Fuße der Mole schlugen die Wellen in gleichmäßigem Takt gegen das steinige Ufer. Ásta bückte sich und hob einen faustgroßen, von der rauen See glattgeschliffenen Stein hoch. Der Schneeanzug, den sie trug, hatte zwei geräumige Taschen. Zwei oder drei Steine von dieser Größe würden darin Platz finden.

Noch einmal ging sie in Gedanken den Tag durch. Schon am Morgen, in der Fischfabrik, hatte sie schlechte Laune gehabt. Tag für Tag fädelte sie Dorschköpfe auf lange Schnüre, die als Trockenfisch nach Nigeria exportiert wurden. Die großen aus den Köpfen hervorquellenden Fischaugen glotzten sie vorwurfsvoll an. Auf einmal ekelte sie sich vor diesen traurigen toten Augen, dieser eintönigen Arbeit, dem Dreck und dem Geruch in der Halle. Ihr war schlecht. Mit Grauen dachte sie an den Abend, wo das Thorrablót, das Ereignis des Jahres, im Versammlungshaus des Dorfes stattfand. Dieses traditionelle Winterfest ähnelte kaum noch seinem Ursprung. Nur die Sauferei und das urtümliche Essen stammten wohl noch aus der Zeit der Wikinger. Sie konnte sich für dieses Gelage wenig begeistern, und wären Björn und sie nicht im Festausschuss gewesen, hätte sie an diesem Abend gemütlich mit ihrem Strickzeug vor dem Fernseher gesessen, anstatt die Nacht im überfüllten Versammlungshaus mit angetrunkenen Dorfbewohnern zu verbringen. Björn hatte sich geschmeichelt gefühlt, als der Vorsitzende des diesjährigen Festausschusses ihn vor zwei Monaten gefragt hatte, ob er nicht Lust hätte mitzumachen. Ja, eigentlich war er unentbehrlich, denn es fehlte ein Akkordeonspieler. Obwohl sie erst vor einem Jahr in das Dorf gezogen waren und Ásta damit gerechnet hatte, dass sie frühestens in drei Jahren um die Teilnahme an den Vorbereitungen zum Thorrablót gebeten würden, sagte Björn zu. Da, wenn die Mitglieder des Ausschusses verheiratet waren, immer auch die Ehefrauen mit herangezogen wurden, gab es für Ásta kein Entrinnen vor dieser Pflicht. Nicht nur Björn hätte ihr das übelgenommen. Immerhin konnte sie es arrangieren, so wenig wie möglich auf der Bühne zu stehen. Nur beim Eröffnungs- und Schlussgesang stand sie zusammen mit den anderen Festausschussteilnehmern auf den Brettern, die für manche die Welt bedeuten. Sie hatte absolut kein Bedürfnis, ihre Schauspielkunst in irgendwelchen albernen Sketchen auf die Probe zu stellen. Stattdessen bemalte sie die aus Pappe zusammengeschusterte Kulisse und bot ihre Hilfe in der Küche an. Björn übte jeden Abend bis spät in die Nacht die Auftritte mit den vor Selbstgefälligkeit strotzenden Ausschussmitgliedern und begleitete Chor und Solisten auf dem Akkordeon. Auch gestern Abend war es spät geworden. Björn stand auf der Bühne. Ásta war fertig mit dem Bühnenbild und bekam den Auftrag, in der Küche fermentierte stinkende Haifischbrocken in mundgerechte Stücke zu schneiden. Erst nach Mitternacht fiel sie erschöpft ins Bett. Als um sieben der Wecker klingelte, merkte sie, dass der strenge Haifischgeruch noch immer an ihren Händen haftete. Zum Glück hatte sie am Nachmittag frei.

Als sie von der Arbeit nach Hause kam, suchte sie ohne Vorfreude ihr Kleid für den Abend heraus. Dann setzte sie sich ans Küchenfenster und starrte auf die Straße. Es schneite. Der Wind wirbelte an geschützten Stellen die zarten Flocken zu kleinen Schneehaufen zusammen. Ásta hörte ein stumpfes Schaben und darauf ein dröhnendes Motorengeräusch. Ein Schneeräumfahrzeug näherte sich ihrem Haus. Gegen 18 Uhr zog sie ihren Schneeanzug über ihr Kleid, steckte ihre schwarzen Pumps in eine Plastiktüte und machte sich auf den Weg zum Versammlungshaus. Björn war schon vor Stunden mit dem Jeep losgefahren. Das Duett über die Liebesaffären aus dem letzten Jahr, die als Klatsch die Runde im Dorf gemacht hatten, klappte noch nicht hundertprozentig.

Schon am Eingang hörte Ásta den kräftigen Tenor des Fischfabrikbesitzers und gleich darauf den krächzenden Sopran der Dorfschullehrerin, die schon seit ihrer Kindheit von einer Karriere als Opernsängerin träumte. Sie öffnete vorsichtig die Tür zum Saal, der alltags als Turnhalle für die Dorfschüler diente. Die in drei langen Reihen aufgestellten Tische waren fertig gedeckt und sahen sauber und ordentlich aus. Das Bühnenbild dagegen war chaotisch. Es hätte besser in einen Kindergarten gepasst. Ásta hatte es nach genauer Anweisung einer der für die

Dekoration verantwortlichen Ausschussmitglieder gemalt. Das Bild stellte die Hauptstraße des Dorfes dar. Die in knalligen Farben gemalten Häuser hingen schief am Straßenrand. Zur Krönung des Ganzen ging am Horizont eine überdimensionale apfelsinengelbe Sonne mit lachender Fratze über einer Reihe von schneebedeckten Bergen auf.

Tellergeklapper drang aus der Küche. Ásta beschloss, endlich ihr Erscheinen anzukündigen. Fünf Frauen, in weiße Plastikschürzen gekleidet, hantierten mit vor Anstrengung geröteten Gesichtern hektisch in der Küche herum. Ein paar der Männer standen gelangweilt in einer Ecke und kauten Trockenfisch. Ásta wünschte einen guten Abend. Dann wurden ihr eine Plastikschürze und ein Messer gereicht. Es wurde noch mehr Haifisch benötigt. Die Frauen füllten die mit Alufolie ausgekleideten Tabletts mit Trockenfisch, sauer eingelegtem Schafsfleisch, darunter als besondere Delikatesse saure Schafshoden, Schafskopfsülze, geräuchertes Schafsfleisch, Fladenbrot und all die anderen Leckereien, die zu einem traditionellen Thorrablótfest gehörten. Jemand bot Ásta ein Glas brennivín an. Ásta lehnte dankend ab. Sie mochte den schwarzen Tod nicht. Die meisten tranken das Teufelszeug nur, um damit den Haifisch hinunterzuspülen. Sie hörte Björn lachen und sah, dass er sich zu den anderen Männern gesellt hatte, wo gerade eine Schnupftabaksdose die Runde machte.

Eine halbe Stunde später kamen die ersten Gäste. Süßes Kartoffelmus, Rübenmus und heißes Salzfleisch wurden in Eile in den Saal getragen. Alle Plätze waren besetzt. Wer saß, konnte kaum wieder aufstehen, so eng war es zwischen den Reihen. Nach dem Essen begann das Unterhaltungsprogramm. Als Ásta auf die Bühne kletterte, spürte sie, wie müde sie war. Die Schulter tat ihr weh, ihr Nacken war verspannt. Mit verkrampftem Lächeln sang sie den Eröffnungsgesang. Danach verschwand sie wieder in Richtung Küche. Durch ein kleines Fenster in der Küchentür konnte sie in den Saal blicken. Auf den Tischen türmten sich leere Gläser, auf den Tabletts lagen nur noch unappetitliche Essensreste. Trotz kleiner Pannen lief das Programm gut. Die inzwischen angeheiterten Zuschauer klatschten begeistert nach jedem Sketch und jeder Gesangseinlage. Auch die Festausschussmitglieder waren inzwischen ein wenig besäuselt. Doch obwohl beim Schlussgesang die zweite Strophe vergessen und die vierte zweimal gesungen wurde, johlten die Gäste vor Begeisterung.

Um sich abzukühlen und damit die Männer Platz für die Tanzfläche schaffen konnten, wurden die Thorrablót-Gäste für einige Minuten vor die Tür des Versammlungshauses geschickt. In hektischer Geschäftigkeit kümmerten sich die Frauen aus dem Komitee um das Abräumen der Tische. Auf der Bühne gruppierte sich inzwischen die für den Abend engagierte Band. Ásta hatte sich freiwillig für den Abwasch gemeldet. Berge von Gläsern, Tellern und schmutzigem Besteck türmten sich vor ihren Augen auf. Sie holte tief Luft und stürzte sich in die Arbeit. Anfangs halfen ihr ein paar der anderen Frauen, aber als die Band zu spielen begann, leerte sich nach und nach die Küche.

Der Abwaschberg nahm ab. Nach einer Weile kam nur noch gelegentlich ein Stapel leerer Gläser zu ihr an die Spüle. Sie machte eine Pause, suchte sich kaltes übriggebliebenes Kartoffelmus und geräuchertes Lammfleisch zusammen und setzte sich an den Küchentisch. Die Band spielte einen alten Schlager. Im Saal grölten die Leute den Refrain mit. Björn hatte den ganzen Abend nicht mit ihr geredet. Jetzt hätten sie beide Zeit gehabt, ein wenig zu tanzen und sich zu amüsieren. Ásta öffnete die Tür zum Saal und spähte hinaus. Schwerer Dunst hing in der Luft. Es war so laut, dass die Leute sich anschreien mussten, wenn sie ein paar Worte miteinander wechseln wollten. Nicht weit von der Küchentür entfernt stand Björn und unterhielt sich mit einem Ehepaar aus ihrer Straße. Sie winkte ihn zu sich hinüber. Nach kurzem Zögern kam er. Ásta fragte, ob er nicht Lust hätte ein wenig zu tanzen. Er schüttelte den Kopf und erwiderte mit vorwurfsvollem Ton, dass sie doch wüsste, dass er nicht gerne tanze. Danach verschwand er wieder in der Menge. Jemand brachte einen Stapel dreckiger Gläser. Ásta ging wieder in die Küche. Eine Stunde später konnte sie sich kaum noch auf den Beinen halten. Sie suchte Björn und fand ihn auf der Tanzfläche, eng umschlungen mit der Dorfschullehrerin. Ásta suchte ihre Sachen zusammen und rannte aus dem Versammlungshaus.

Warum stand sie jetzt hier an der Mole? Sie steckte den Stein, den sie noch immer in der Hand hielt, in die Tasche ihres Schneeanzuges. Dann schlenderte sie langsam bis an das Ende der Mole, die dunkel in den Fjord ragte. Als Kind hatte sie immer Angst vor dem Wasser gehabt. Da auch ihre Mutter extrem wasserscheu gewesen war, hatte sie immer eine Entschuldigung beim Schwimmunterricht parat gehabt. Ásta blickte in die Tiefe. Auf einmal war ihr bewusst, dass sie weder Angst noch Unbehagen spürte. Sie war ganz ruhig. Die Wut, der Schmerz und die Enttäuschungen der letzten Jahre schienen verflogen. Statt verwirrter Gedanken war ihr Kopf jetzt völlig leer. Sie fühlte nichts. Vielleicht gab es doch einen Ort der Geborgenheit, einen Ort ohne Erinnerungen. Ásta lächelte. Über den Bergen am gegenüberliegenden Ufer des Fjordes kündigte ein heller Schimmer den Morgen an.

Sind Sie es, Herr Kafka?

Sehr geehrter Herr Kafka,
es freut mich, Sie kennenzulernen. Nie hätte ich gedacht, dass unsere Bekanntschaft auf einer Insel im Nordatlantik stattfinden würde. Wahrscheinlich haben Sie Island nie besucht. Vielleicht war Ihnen bekannt, dass es dort Geysire und Vulkane gibt. Eigentlich gibt es ja nur einen einzigen Geysir, und die Vulkane sind auch ziemlich faul. Sicherlich hätten Sie auch das raue Klima nicht gut vertragen, die dunklen, langen Winter. Kalte, nasse Stürme sind hier täglich Brot und schlecht für empfindliche Lungen. Halldór Laxness hätte Ihnen gefallen. Leider wurde er in Europa erst bekannt, als Sie schon unter der Erde lagen.

Mich hat es durch Zufall hierher verschlagen. Mit 21 hatte ich die Nase voll von der deutschen Alltagsroutine. Ich wollte weg. Am liebsten an das andere Ende der Welt, nach Neuseeland. Irgendwie klappte das nicht. Island stand an zweiter Stelle der Wunschliste. Immerhin war es eine Insel wie Neuseeland und ebenfalls dünn besiedelt. Nun wohne ich schon zwanzig Jahre hier. Ich habe in Fischfabriken Würmer aus Dorschfilets gepult, Briefe bei Windstärke zwölf ausgetragen, alte Leute bekocht und ihnen die Zehennägel geschnitten. Jetzt arbeite ich in einer Bibliothek. Sie werden erstaunt sein, wenn Sie hören, dass wir eine deutsche Abteilung in der Bibliothek haben. Ja, bei uns wimmelt es nur so von Goethe, Schiller,

Günter Grass, Siegfried Lenz und vielen anderen Kollegen von Ihnen. Natürlich haben wir auch Bücher von Franz Kafka, doch die waren bis vor kurzer Zeit irgendwo im Keller versteckt. Seit ich aber die Postkarte entdeckt habe, haben Sie die Ehre, auf meinem Nachttisch zu liegen. Ja, dort liegt jetzt eine Kafka Chronik, eine Kafka Biographie, Franz Kafkas Briefe, Briefe an Milena und Kafkas Tagebücher. Sie sind erstaunt? Nach Ihrem Tod wurde ziemlich viel Papier und Druckerschwärze für Ihre Werke und Literatur über Ihre Person verbraucht. Und noch immer sind Sie aktuell. Letztes Jahr wurde auf Island Ihr Werk „Die Verwandlung" aufgeführt. Eine junge, dynamische Theatergruppe hat mit akrobatischen Einlagen und der Musik von Nick Cave Ihr Stück originell bereichert. Vor Kurzem wurde es sogar in Hongkong aufgeführt.

Ja, die Postkarte ... Die Frage ist, haben Sie in eigener Person diese Postkarte, die in einem Buch versteckt war, geschrieben oder jemand anderes? Bibliotheksangestellte finden oft Postkarten, alte Rechnungen, Kinokarten, Damenbinden, allerdings ungebrauchte, und anderes Zeugs in Büchern, die Leute, die es nicht über ihr Herz bringen, sie in die Mülltonne zu werfen, zu uns bringen. Ein Großteil dieser Bücher landet allerdings bei uns in der Mülltonne. Ihre Postkarte wäre auch fast im Müll gelandet. Es stand weder Adresse noch Absender darauf, nicht einmal eine hübsche Briefmarke gab es. Schon der erste Satz bestätigte, dass es keine Zeilen an eine heimliche Geliebte waren, sondern dass es sich um einen tiefgründigeren Text handelte. Heute interessiert sich ja kaum noch jemand für stilistisch ausgefeilte, poetische Worte. Nicht nur auf Island führen schon seit Jahren die Krimiautoren mit ihren jährlich erscheinenden, immer nach dem gleichen Rezept gekochten Geschichten die Bestsellerlisten an. Diese Bücher werden in Rekordzeit gelesen. Die Hauptsache sind Spannung, Sex, Gewalt und hohe Verkaufszahlen. Seien Sie froh, dass Sie nicht mehr mit Ihrer Literatur um Erfolg und Geld kämpfen müssen.

Durch Zufall entdeckte ich Ihre Unterschrift auf der Karte. Ich hätte sie stillschweigend in meine Tasche gleiten lassen sollen. Doch ich Idiot murmelte vor mich hin, dass Franz Kafka auf der Karte stand. Leider war ich nicht allein im Büro und irgendjemand spitzte natürlich die Ohren und fragte nach. Ach, ich bin zu naiv und ehrlich für solche Sachen. Ich hätte es wissen müssen. Niemand in der Bibliothek würde diesen Fund angemessen würdigen.

Die Karte sah antik aus. Neben Ihrem Namen stand die Jahreszahl 1921. Die erste Reaktion war natürlich die Frage, was man für die Karte, wenn sie echt wäre, kriegen würde. Sollte man sie auf Ebay versteigern? Für eine Million isländische Kronen? Nein, eine Million Euro! Das würde sich lohnen bei dem schlechten Währungskurs. Seit der Finanzkrise und dem Bankrott der isländischen Banken sind die sowieso knapp bemessenen Finanzmittel für Bibliotheken bis auf ein Minimum geschrumpft. Dennoch haben sich die Ausleihzahlen verdoppelt. Die sonst zehn bis zwölf Stunden am Tag arbeitenden Isländer haben jetzt mehr Zeit zum Lesen, aber kein Geld zum Bücherkaufen. Die Ära des Überflusses hat hier ein jähes Ende gefunden. Statt die Nachmittage und Abende in den Einkaufszentren zu verbringen, werden jetzt die Bibliotheken eingerannt.

Zweite Frage: Wie können wir die Handschrift vergleichen? In Windeseile wurde eine Kafkabiographie ausgegraben. Jemand fand ein Foto mit der ersten Seite des Briefes an Ihren Vater. Der Text auf der Karte war knapp. Es gab nicht viele gemeinsame Worte zum Vergleich. „Als", „der", „die", „im" und das kleine „s" sahen wie die Originalhandschrift aus. Na ja, das „t" war ein bisschen anders, vielleicht auch das „c". Immerhin lagen zwei ereignisreiche Jahre zwischen diesen Texten, eine angeschlagene Gesundheit und die qualvolle Beziehung zu Milena. Auch haben Sie den Brief an Ihren Vater 1919 bestimmt in einer aufgewühlten Gemütsverfassung geschrieben. Das könnte sich auf die Schrift niedergeschlagen haben. Schließlich fand ich in der Biographie Ihre Unterschrift[1]. Tatsächlich sah sie der Unterschrift auf der Karte verblüffend ähnlich. Ich machte Fotokopien, vergrößerte und verglich Buchstabe für Buchstabe. Den Rest des Tages gingen Sie mir und meiner Chefin nicht mehr aus dem Kopf.

Herr Kafka, Sie rauben mir den Schlaf! So wie Sie, 1921 im Sanatorium, leide auch ich jetzt unter Einschlafstörungen. Sind Sie es, Herr Kafka, oder hat jemand mit einer ähnlichen Handschrift nur ein paar Sätze von Ihnen auf einer Postkarte zitiert?

Sie erwähnten in einem Ihrer Briefe an Milena, dass Briefeschreiben ein Verkehr mit Gespenstern sei[2]. Mir kommt es vor, als ob ich plötzlich einem Gespenst oder vielleicht eher einem Hirngespinst hinterherjage. Zumindest hat man zu Ihrer Zeit noch Briefe per Hand geschrieben. Ein Großteil Ihrer Briefe blieb erhalten. Sie haben eine Spur, einen Beweis eines kurzen, dennoch intensiven Lebens hinterlassen. Heute reden wir zu viel und schreiben zu wenig. Wir benutzen Maschinen zur Kommunikation. Es wird von meiner Generation nicht viel Bemerkenswertes zurückbleiben, zumindest keine Briefe wie in Ihrem Fall. Mit dem Tod drücken wir gleichzeitig auf die Delete-Taste. Vorbei – vergessen. Da schaffen nur ein paar Auserwählte den Weg in die Unvergessenheit.

Schon zu Ihrer Zeit fanden Sie den Lärm der Welt unerträglich[3]. Heute haben sich die Menschen an den Lärm gewöhnt. Sie können nicht mehr ohne Lärm sein. Nun ist die Stille unerträglich geworden. Auf der Vorderseite Ihrer Karte ist ein Bild der Feengrotten in Saalfeld/Thüringen abgebildet. Haben Sie dort vielleicht Ruhe und Erholung gesucht? Sie waren im Jahre 1921 bis Ende August wegen Ihrer Lungenkrankheit im Sanatorium in Matliary. In einem Brief an Max Brod im Juni 1921 steht, der Arzt erlaubte Ihnen wegzufahren, in Wälder, wohin Sie wollten, nur nicht ans Meer[4]. Ja, fuhren Sie vielleicht nach Saalfeld? Die Feengrotten fingen gerade an, für ihre Heilzwecke bekannt zu werden. 1912 haben Sie sich mit Ihrem Freund Max schon einmal in Weimar getroffen. In Weimar werden Ausflüge zu den Feengrotten angeboten!

Am 8.8. beginnt der Text auf einer Postkarte an Ihre Lieblingsschwester Ottla mit „Mein erster Ausflug“[5]. Doch wohin dieser Ausflug ging, davon berichten Sie nicht.

Nachdem Sie wieder in Prag waren, schrieben Sie an Ihren Freund Robert Klopstock, dass Sie vielleicht noch für drei Monate in ein deutsches Sanatorium fahren[6].

1921 gab es in Saalfeld ein Sanatorium mit Namen Bad Sommerstein. Sogar mit mäßigen Preisen.

Ich brauche Ihren Rat, lieber Franz. Aber wie Sie in Ihrem Brief an Herrn Klopstock sagen, hängen die guten Ratschläge zwischen den Sternen und dort ist es dunkel[7].

Beweise müssen her. Gelobt sei das Internet. Ein reger Schriftverkehr begann. Die Feengrotten besaßen eine bunte, märchenhafte Homepage. Auf meine Anfrage, ob bekannt sei, dass Sie 1921 die Feengrotten besucht hätten, bekam ich ganz schnell Antwort. Die E-Mail aus Island machte Eindruck. Doch die island-, feen- und elfenbegeisterte Dame konnte mir nur mitteilen, dass nichts von einem Besuch Ihrerseits bekannt sei. Netterweise wollte sie die Anfrage an das Stadtarchiv von Saalfeld weiterleiten. Das Stadtarchiv antwortete in einem amtlichen Ton: Laut unseren Einwohnermelderegistern kann ich Ihnen zum jetzigen Zeitpunkt nicht bestätigen, dass Herr Kafka sich 1921 in Saalfeld aufgehalten hat. Sollten sich laut anderen Archivquellen doch noch Hinweise ergeben, so lasse ich Ihnen diese zukommen.

Damit waren meine Nachforschungen in Saalfeld erst einmal auf Eis gelegt. Nun musste ein Kafkaexperte her, der Ihre Handschrift identifizieren konnte. Ich schrieb an einige Universitäten und konnte mir vorstellen, dass sich auch bald jemand melden würde. Alles, was Ihre Person betrifft, ist heiß begehrt. 2008 wurde ein bisher unbekannter Brief von Ihnen bei einer Auktion für 6710 Euro versteigert.

Zwei Tage später meldete sich ein Professor. Ich schickte ihm die Kopie der Karte, die Antwort kam einen Tag später. Er behauptete, die Schrift auf der Karte sei nicht Ihre Schrift. Die Postkarte wäre frühestens in den 60er Jahren in der ehemaligen DDR erschienen. Eine baugleiche Postkarte würde auf ebay für 1 Euro angeboten. Sie können es sich vorstellen. Mit dieser Antwort war ich keineswegs zufrieden. Nächster Schritt: Nachforschungen über die Postkarte anstellen. Die ebay-Postkarte war nicht meine, Verzeihung, Ihre Postkarte. Unsere Postkarte hatte auf der Vorderseite einen weißen Rand mit der Beschriftung: Märchendom mit der Gralsburg. Die ebay-Karte zeigte das Gemälde von Willi Schramm in voller Größe ohne Rand. Doch nicht nur bei ebay wurden historische Ansichtskarten zum Verkauf angeboten. Ich wurde fündig. Unsere Postkarte gab es, für immerhin 5 Euro, in einem Sammlershop mit dem Hinweis, sie wäre ca. 1936 gelaufen. So leicht gebe ich nicht auf, Herr Professor!

Der zweite Experte meldete sich. Er schien, nach eigener Beschreibung, äußerst qualifiziert zu sein und großes Interesse an dem Fund zu haben. Leider war er im Urlaub. Er schrieb, er könne erst in einem Monat einen genaueren Blick auf die mysteriöse Postkarte werfen. So lange konnte und wollte ich nicht warten. Auch meine Kollegen in der Bibliothek platzten vor Spannung. Immerhin hatte ich seine E-mail-Adresse. Ich schickte ihm die Kopie der Karte. Dieses Mal Vorder- und Rückseite. Die Antwort kam schon am nächsten Tag:

Liebe Frau Berger,

das ist auf keinen Fall die Handschrift Kafkas, die Unterschrift soll wohl eher eine Quellenangabe sein. Aber auch der Text selbst stammt nicht von Kafka, sondern ist aus verschiedenen Quellen sinngemäß zusammengesetzt. Ich habe es in meinen Datenbanken überprüft, obwohl es ohnehin klar ist, denn ein so unbeholfener Ausdruck wie „Vorstellungsrahmen der kleinbürgerlichen Konvention" wäre für Kafka extrem untypisch.

Ich konnte es nicht glauben. Nicht einmal der Text sollte von Ihnen sein, obwohl Franz Kafka darunter stand? Es passte doch alles so gut zusammen. Die Lungenkrankheit, das deutsche Sanatorium, die Feengrotten, die Ähnlichkeit der Unterschrift ... Ich war am Boden zerstört. Der Traum der Entdeckung einer Original-Kafkakarte war ausgeträumt. Die schillernde Seifenblase, die eben noch nichtsahnend und optimistisch durch die Luft schwebte, zerplatzte an einem Kaktusstachel.

Ich zeigte meiner Tochter die Karte. Die googelte den Text gleich im Internet. Wieso war ich eigentlich nicht darauf gekommen? Ach, die jungen Leute sind heute so schlau, zumindest was Computer angeht. Natürlich fand sie die Zeilen. Wortwörtlich standen Ihre Worte, oder wessen Text es nun war, auf dem Bildschirm. Die tiefsinnigen Worte stammten aus dem Buch „Gespräche mit Kafka" von Gustav Janouch. Wer war Gustav Janouch? Der damals 18-jährige Sohn eines Ihrer Kollegen aus der Versicherungsanstalt hat Sie 1921 mehrmals besucht und ist mit Ihnen spazieren gegangen[8]. Der Herr Janouch musste ein super Gedächtnis gehabt haben, wenn er sich noch Jahre später an die Gespräche erinnern konnte, denn die erschienen erst 1951 in einem Buch[9]. Neuerdings wird allerdings behauptet, es handele sich bei den Gesprächen um eine Fälschung. Aber hallo! Wieso stand der

Text auf einer Karte von 1936, wenn er erst 1951 veröffentlicht wurde? Vielleicht hat Gustav Janouch Sie in Saalfeld getroffen, hat mit Ihnen die Feengrotten besichtigt und Sie hinterher im Sanatorium gebeten, für ihn diese Zeilen aufzuschreiben? Vielleicht hat der schlaue Junge als Gedächtnisstütze selbst den Text auf die Karte geschrieben, nachdem er sich mit Ihnen unterhalten hat? Vielleicht, vielleicht, vielleicht ...

Ich gebe auf, Herr Kafka. So wie Sie sich, laut Karte, als leidender Künstler wie ein bunter Vogel im Käfig Ihrer Existenz fühlten[10], so fühle ich mich wie ein auf Island zurückgebliebener Zugvogel, der nun einem kalten, langen Winter entgegensieht. Trotz allem möchte ich mich für Ihre Bekanntschaft bedanken. Lassen Sie weiterhin die Leute über Ihre Gedanken und Ihr Leben spekulieren. Sie strampeln sich ab wie hilflos auf dem Rücken liegende Käfer, um mit Ihrem Namen ein bisschen Beachtung zu erhaschen. Ich bin sicher, Sie haben Ihren Spaß daran.

Hochachtungsvoll,
Claudia Berger

---

[1] Kafka von Klaus Wagenbach. Rowohlt Taschenbuch Verlag 1964, S.135.
[2] Briefe an Milena. Fischer Taschenbücher 1979, S.199.
[3] Brief an Max, Matliary. In: Franz Kafka Briefe 1902 – 1924. Fischer Taschenbücher 1975, S.328.
[4] Brief an Max, Matliary, Juni 1921. In: Franz Kafka Briefe 1902 – 1924. Fischer Taschenbücher 1975, S. 335.
[5] Postkarte an Ottla, Matliary, 8.8.1921. In: Franz Kafka Briefe 1902 – 1924. Fischer Taschenbücher 1975, S. 338.
[6] Brief an Robert Klopstock, Prag, 2.9.1921. In: Franz Kafka Briefe 1902 – 1924. Fischer Taschenbücher 1975, S.349.
[7] Brief an Robert Klopstock, Prag, 2.9.1921. In: Franz Kafka Briefe 1902 – 1924. Fischer Taschenbücher 1975, S.349.

[8] Kafka Chronik. Carl Hanser Verlag 1975, S.170.
[9] Gespräche mit Kafka, Gustav Janouch. Fischer Verlag 1951.
[10] Gespräche mit Kafka, Gustav Janouch. Fischer Verlag 1951, S.18.

Die Feengrotten bei Saalfeld/Thüringen
Märchendom mit der Gralsburg
Die einzigen naturfarbigen Tropfsteinhöhlen der Welt
Die Heimat der Saalfelder Heilquellen
und der Gralsquelle

Nach einem Originalgemälde von Willi Schramm

Sie beschreiben den Dichter
als einen wunderbar großen
Menschen, dessen Füße sich
auf der Erde befinden, während
der Kopf in den Wolken verschwin-
det. Das ist natürlich ein ganz
gewöhnliches Bild im Vorstellungs-
rahmen der kleinbürgerlichen Kon-
vention. Es ist eine Illusion ver-
borgener Wünsche die mit der Wirklich-
keit nicht Gemeinsames hat. In Wirklich-
keit ist der Dichter immer viel kleiner
und schwächer als der Gesellschafts-
durchschnitt. Er empfindet daher die
Schwere des Erdendaseins viel intensi-
ver und stärker als die anderen Menschen.
Sein Gesang ist für ihn persönlich nur ein
Schreien. Die Kunst ist für den Künstler ein
Leid, für das er sich für ein neues Leid be-
freit. Er ist kein Riese, sondern nur ein
mehr oder weniger bunter Vogel im Käfig
seiner Existenz.
Franz Kafka 1922

Er war anders

Am Ausgang des Supermarktes, gleich neben dem schrillen Plakat für das Tanzfest am nächsten Samstag, hing ein schlichter weißer Zettel auf dem in schwarzen Buchstaben geschrieben stand:

Spiritistische Sitzung mit dem Medium Sigmar Rögnvaldsson
Mittwoch 20.00 Uhr, Strandgata 12

Normalerweise schenkte ich dieser Art von Bekanntmachung keine Aufmerksamkeit. Doch der Name Sigmar Rögnvaldsson machte mich stutzig. War dieser Sigmar Rögnvaldsson vielleicht mein gleichnamiger Freund aus der Kinder- und Jugendzeit? Die Vermutung lag nahe, denn mein ehemaliger bester Freund war schon damals anders als die anderen Kinder aus dem Dorf gewesen. Er spielte nicht mit ihnen, schaute nur mit nachdenklicher Miene zu, wenn sie kreischend auf dem Fußballplatz dem Ball hinterher jagten. Ich setzte mich oft zu ihm, um ihm Gesellschaft zu leisten, aber wenn jemand in der Mannschaft fehlte und ich dazu gerufen wurde, ließ ich ihn alleine am Grasrand sitzen. Dort wartete er bis zum Spielende auf mich.

Sigmar wohnte in einem kleinen alten Haus dicht bei den Klippen. Wenn in den Herbst- und Winternächten der Sturm die Wellen in den Fjord drückte, donnerte das Meer mit solcher Wucht gegen die Felsen, dass er nachts nicht schlafen konnte. Dann zog Sigmar die löchrigen Vorhänge von dem winzigen Dachfenster zurück und starrte stundenlang von seinem Bett aus in den schwarzen Nachthimmel. Er liebte es, wenn der Vollmond sein blasses Licht in die Dachkammer warf oder das Nordlicht in einem bunten Reigen über den Himmel wirbelte. In den hellen, ruhigen Mittsommernächten lag er manchmal wach und beobachtete begeistert das Schauspiel der Wolken, wie sie in immer neuen von der Sonne gemalten Farbtönen fantastische, gar unheimliche Gebilde formten.

Mein ehemaliger Freund wohnte zusammen mit seiner Mutter und den Großeltern väterlicherseits in dem weißen Haus mit dem roten Wellblechdach. Sein Vater, ein Fischer, ertrank im Meer, als Sigmar zwei Jahre alt war. Die Mutter arbeitete in der Netzfabrik. Meistens zehn Stunden, oft auch zwölf Stunden am Tag, flickte sie mit geschickten Händen die Netze der Fischtrawler. Afi, Sigmars Großvater, arbeitete nicht mehr. Nur gelegentlich verdiente er sich nebenbei ein paar Kronen, indem er für die Fischer im Dorf Köder auf die Fangleinen steckte. Amma kümmerte sich um den Haushalt. Von der Gicht gequält schlurfte sie tagsüber stöhnend durch das Haus und bereitete abends das Essen zu. Sie bemerkte als Erste, dass mit Sigmar etwas nicht stimmte.

Als Dreijähriger saß mein Freund fast jeden Tag im Garten neben einem großen moosbewachsenen Stein und spielte mit den Kieferknochen der Schafe, die Afi nach dem Essen sorgfältig von Fleischresten befreite und für ihn in einer Holzkiste aufbewahrte. Amma beobachtete ihn durch das Küchenfenster während sie Wollsocken für den Winter strickte. Beim Spielen plapperte Sigmar leise vor sich hin. Seine Großmutter nahm das nicht weiter ernst, bis sie ihn eines Tages fragte, mit wem er sich denn da draußen so gut unterhalte. Sigmar antwortete, er spiele mit den Kindern, die im Stein wohnten. Die alte Frau kannte natürlich die alten Elfensagen und hatte von Leuten gelesen, die diese Wesen sehen konnten. Dass aber ihr Enkel diese seltene Gabe besaß, erschreckte sie.

Irgendwann erfuhr auch Sigmars Mutter von der Sache mit den Elfen. Sie schimpfte Sigmar aus und wollte von diesem Unsinn nichts mehr hören.

Sigmar und ich kamen in die Schule. Ich wusste von dem Elfenstein im Garten von Sigmars Großeltern, und es dauerte nicht lange, bis auch die Kinder in der Schule von seiner Freundschaft mit den Elfenkindern erfuhren. Danach begannen die Kinder, ihn in den Pausen zu hänseln. Sie nannten ihn einen Spinner. Wenn er mit ihnen spielen wollte, meinten sie, er könne ja mit seinen Elfenfreunden spielen. Ich sah niemals Elfen, wenn ich mit Sigmar zusammen war, dennoch hätte ich meinen Freund nie als Lügner bezeichnet. Oft spazierten wir gemeinsam nach der Schule durch das alte Lavafeld am Rande des Dorfes. An trüben nebligen Tagen sahen die vor hunderten von Jahren erkalteten Lavabrocken wie furchteinflößende Gnome aus. Moosbedeckt, mit übergroßen Köpfen konnten sie urplötzlich aus dem fahlen Tageslicht auftauchen. Mir grauste, aber Sigmar nahm mich bei der Hand und sagte, ich bräuchte mich nicht zu fürchten, denn in dem Lavafeld wohnen nur gute Elfen und die täten niemandem etwas zuleide. Ich glaubte seinen Worten, denn er war ja mein bester Freund.

Einmal, es muss kurz nach unserer Konfirmation gewesen sein, lag Sigmar krank im Bett und vertraute mir ein Geheimnis an. Er sagte, ein alter Mann käme manchmal nachts in sein Zimmer, setzte sich an das Fußende seines Bettes und sprach mit ihm. Dieser Mann sah genauso aus wie sein Urgroßvater, dessen Bild neben dem Bücherregal im Wohnzimmer des kleinen Hauses hing. Ich versprach Sigmar, niemandem von diesem Geheimnis zu erzählen. Später erfuhr ich, dass auch Afi von diesen Erscheinungen wusste.

Nach überstandener Krankheit sah mein Freund immer mehr Wesen, die den Augen anderer Menschen verborgen blieben. Er fühlte sich selbst verunsichert und ängstlich, reagierte übersensibel auf seine Umgebung. Es war, als ob übersinnliche Energien ihn bedrängten und ihm seine Kräfte raubten. Wenn er anderen davon erzählte, was sehr selten vorkam, wurde er ausgelacht. Er wäre ein Träumer, hieß es, und seine Fantasie würde mit ihm durchgehen. Sigmar fühlte sich unverstanden und schwieg. Mit der Zeit wurde auch mir mein Freund unheimlich und fremd, und unsere Freundschaft löste sich auf. Nach der 10. Klasse verloren wir uns ganz aus den Augen. Ich wurde Fischer, Sigmar ging in Akureyri auf das Gymnasium. Jahre später hörte ich, dass er als Medium durch das Land reiste und spiritistische Sitzungen abhielt, die von den ortsansässigen spiritistischen Vereinen organisiert wurden. Und nun war das Medium Sigmar Rögnvaldsson in unser Dorf zurückgekommen, um seine übersinnlichen Fähigkeiten zu demonstrieren.

Ich überlegte lange und noch spät am Mittwochnachmittag schwankte ich in meinem Entschluss, an dem angekündigten Treffen teilzunehmen. Aber meine Neugier siegte. Pünktlich um 20.00 Uhr traf ich in der Strandgata 12 ein. Eine grauhaarige ältere Frau öffnete die Haustür und führte mich durch einen dunklen Gang in das Wohnzimmer. An einem runden antiken Eichentisch saßen Sigmar und vier andere Personen mit geschlossenen Augen. Die Vorhänge vor den Fenstern waren zugezogen. Auf einem Beistelltisch stand eine Lampe, die mit einem roten Tuch abgedeckt war. In diesem schummerigen, lasterhaften Licht konnten die anwesenden Gäste gerade noch gegenseitig ihre Gesichter erkennen. Man wies mir einen Platz am Tisch zu und auch die grauhaarige Frau setzte sich schweigend dazu. Sigmar öffnete kurz die Augen und nickte. Er sprach ein kurzes Gebet. Es folgte ein mir unbekannter Gesang. Im Raum lag eine geheimnisvolle Stille. Ich fühlte mich irgendwie fehl am Platze, und in meinem Magen machte sich ein beklemmendes Gefühl breit. Möglichst unauffällig beobachtete ich Sigmar. Eine rätselhafte mystische Atmosphäre umgab ihn, so als ob er sich außerhalb unserer sichtbaren, alltäglichen Welt befände. Plötzlich, ohne Vorwarnung, wurde sein Körper von krampfartigen Zuckungen heimgesucht. Ich bekam Angst. Die ganze Sache war mir unheimlich. Was suchte ich eigentlich hier? Ich hatte kein Verlangen, Kontakt mit Verstorbenen aufzunehmen. Eigentlich wollte ich nur meinen Freund aus der Kinderzeit wiedersehen.

Sigmar fing an zu sprechen. Seine Stimme klang verändert, tiefer und rauer. Auch seine Mimik gehörte nicht mehr zu ihm. Durch ihn sprach ein anderes Wesen. War es Sigmars geistlicher Führer, der hier sprach? War der Kontakt zwischen der menschlichen und der geistlichen

Welt etwa schon hergestellt? Mein Kopf dröhnte. Ich hatte von solchen Dingen gelesen, doch noch nie so etwas selbst miterlebt.

Einer der Anwesenden bat um Auskunft über seine vor einem Jahr verstorbene Tochter. Das Medium beschrieb nach kurzem Zögern mit leiser Stimme das Mädchen, erzählte von ihrem Autounfall und berichtete, es ginge ihr gut.

Alle außer mir stellten Fragen über verstorbene Verwandte oder Freunde und bekamen verblüffend präzise Antworten. Landesteile, Namen und Personenbeschreibungen, alle diese Fakten lagen offen für Sigmar da. Nach einer Pause wandte sich das Medium auf einmal an mich.

„Ich sehe eine Frau. Sie hat lockiges rötliches Haar, blaue Augen, ist groß und schlank. In deiner Kindheit hat sie dir oft Geschichten erzählt." Ich überlegte. Die Beschreibung passte auf die Schwester meiner Mutter. Vor zwei Jahren war sie an Krebs gestorben.

„Sie wurde Sigga genannt", fügte das Medium hinzu. „Ich soll dir ausrichten, dass sie ihre Tochter wiedergefunden hat."

Erstaunt blickte ich Sigmar an. Solveig, meine Cousine, ging drei Jahre, nachdem mein Freund Sigmar das Dorf verlassen hatte, als Austauschstudentin nach Chile. Sie kehrte nie mehr zurück. Nach monatelangen Nachforschungen gab meine Tante Sigga die Hoffnung auf, ihre Tochter jemals lebend wiederzusehen. Sie wurde immer depressiver und erkrankte dazu noch an Brustkrebs.

Die Sitzung ging ihrem Ende zu. Nur unbewusst nahm ich den Klang der Stimmen wahr, die leise das Vaterunser vor sich hin murmelten und wieder ein Lied sangen.

Erst als Sigmar völlig unerwartet hinter mir stand, mir die Hand auf die Schulter legte und mich freundlich begrüßte, wachte ich auf.

Jóhannes

Als ich Jóhannes sah, wusste ich, er lag im Sterben. Die Krankenschwester schaute kurz ins Zimmer, in dem noch ein anderer männlicher, altersschwacher Patient zusammengekauert wie ein Säugling in seinem Bett lag.

„Jóhannes fühlt sich heute ein wenig schlapp. Wahrscheinlich ist es eine Erkältung", sagte sie und verschwand.

Svana hauchte ihrem Mann einen flüchtigen Kuss auf die Stirn. Der alte Mann zeigte keine Reaktion. Eine Verständigung, egal auf welche Weise, kam an diesem Nachmittag nicht mehr zustande. Mit starren Augen blickte Jóhannes durch sie hindurch in eine andere Welt. Seine Gesichtshaut wirkte in der durchs Fenster einfallenden Frühjahrssonne grau und fahl. Seit dem letzten Besuch vor genau einer Woche war er sichtbar abgemagert und ausgedörrt. Nicht das Alter hatte diesen plötzlichen Verfall des Körpers verursacht, sondern die Hoffnungslosigkeit, die tief und schmerzhaft ihr Brandmal auf diesen Menschen gesetzt hatte, seitdem er auf diese Station verlegt worden war.

„Wir sollten gehen", meinte Svana. „Ich muss noch in den Supermarkt."

Ich konnte meinen Blick nur schwer von Jóhannes abwenden. Sah niemand, dass hier ein Mensch Abschied von seinem Leben nahm und dabei völlig allein gelassen wurde? Ich war verwirrt. In meinen vierzig Lebensjahren hatte ich noch nie einem sterbenden Menschen gegenüber gestanden. Was konnte ich als Außenstehende tun? Bildete ich mir diese Tragödie vielleicht nur ein? Zögernd nickte ich Svana zu und streichelte zum Abschied Jóhannes kalte, faltige Hand. Ein schwaches Zucken durchfuhr ihn bei der Berührung. Plötzlich bewegten sich auch seine Lippen. Wollte er etwas sagen? Seit seinem Schlaganfall vor sechs Monaten war ihm das Sprechen schwergefallen, und in den letzten Wochen hatte er es ganz aufgegeben. Svana stand in der Tür und schaute nervös zu mir hinüber. Hilflos lächelte ich den alten Mann an und folgte ihr.

Zwei Mal die Woche für jeweils zwei Stunden arbeitete ich bei Svana als Haushaltshilfe. Donnerstags besuchten wir, nachdem ich flüchtig mit dem Putzlappen durch ihre Wohnung gehuscht war, Jóhannes im Krankenhaus. Wenn Zeit blieb, fuhr ich sie hinterher zum Einkaufen in den Supermarkt.

Svana war in den Siebzigern. Die Last eines arbeitsreichen, entbehrungsvollen Lebens auf dem Land hatte ihren Körper geprägt. Auch jetzt, im Ruhestand, saß sie nicht untätig herum, sondern strickte Wollpullover für die Touristen. Mit kleinen unbeholfenen Schritten und krummem Rücken wackelte sie vor mir den Krankenhausflur entlang.

Vor fünf Wochen hatte Svana noch gehofft, Jóhannes würde sich von seinem Schlaganfall erholen. Er durfte nach Hause, strengte sich an, seine Sprache wiederzufinden und machte täglich seine Übungen. Eines Tages stürzte er. Svana schaffte es nicht, den großen schweren

Mann wieder auf die Beine zu stellen und musste den Krankenwagen rufen.

Die beiden alten Menschen gingen, wenn ich sie besuchte, immer sehr zärtlich und behutsam miteinander um, daher verstand ich heute Svanas Eile nicht.

Die Sorge um Jóhannes ließ mich nicht los. Abends lag ich im Bett und grübelte. Würde er diese Nacht überleben? Oder würde er sterben, allein, ohne die tröstende Hand seiner Frau? Niemand sollte alleine sterben. Ich wusste, dass Jóhannes sehr an dem Jüngsten seiner sechs Söhne hing, der in Reykjavík am anderen Ende der Insel wohnte. Mindestens acht Stunden dauerte die Fahrt in den Osten. Sollte ich seine Telefonnummer heraussuchen und ihn anrufen? Warum sollte er mir, einer Fremden, glauben, wenn niemand vom Krankenhaus und nicht einmal seine Mutter mit ihm wegen Jóhannes' Zustand Kontakt aufnahm. Ich betete selten, doch heute betete ich, dass Jóhannes vor seinem Tod noch die Möglichkeit hätte, seinen geliebten Sohn zu sehen. Dann schlief ich erschöpft und mit tränennassen Augen ein.

Am nächsten Tag kreisten meine Gedanken wieder um den alten Mann. Gegen Mittag traf ich Gudrún, Svanas Nachbarin. Sie erzählte mir, dass Hjálmar, Jóhannes' Sohn, auf dem Weg in den Osten war. Ich konnte es kaum glauben.

Spätnachmittags war ich auf dem Weg in die Apotheke und musste am Krankenhaus vorbei. Eine unheimliche Kraft zog mich in das graue Gebäude hinein. Da an der Fahnenstange neben dem Eingang keine Fahne auf halbmast hing, war Jóhannes noch am Leben.

Die Besuchszeit war gerade vorbei. Ohne auf mich aufmerksam zu machen, schlich ich mit klopfendem Herzen in das Krankenzimmer. Jóhannes' Bettnachbar sabberte an seinen gekrümmten Fingern und ließ sich dabei nicht durch mein Eintreten stören. Jóhannes saß, gestützt auf mehrere Kissen, aufrecht im Bett. Er hielt die Augen geschlossen und wäre nicht ein leises Röcheln zu hören gewesen, hätte ich geglaubt, ich wäre zu spät gekommen.

„Jóhannes", flüsterte ich ihm ins Ohr. „Ich bin es, Birgitta."

Der alte Mann öffnete schwerfällig die trüben Augen und blickte mich kraftlos an. Ich nahm seine Hand.

„Hjálmar, dein Sohn, kommt aus Reykjavík", sagte ich etwas lauter und wiederholte das Gesagte noch einmal. Ich war mir nicht sicher, ob er meine Worte verstand, doch als ich den leichten, fast kaum spürbaren Druck seiner Hand wahrnahm, atmete ich erleichtert auf. In diesem Moment kam die Schwester mit dem frühen Abendessen. Sie band Jóhannes ein riesengroßes Lätzchen um und begann ihn zu füttern. Ich ging. Nun würde alles ein gutes Ende nehmen. Sicher würde Jóhannes' Sohn gleich bei seiner Ankunft nach seinem Vater schauen, und der alte Bauer könnte dann in Frieden Abschied von dieser Welt nehmen.

Pünktlich um zwei Uhr traf ich am darauffolgenden Tag in Svanas Wohnung zum Saubermachen ein. Sie wirkte gelöst und erzählte von ihrem Sohn, der gestern spätabends mit dem Auto aus Rekjavík gekommen war und für einige Tage in der Stadt bleiben wollte. Nachdem ich meine Arbeit erledigt hatte und mich gerade verabschieden wollte, kam Hjálmar seine Mutter besuchen. Ich begrüßte ihn freundlich und fragte sofort, ob er schon seinen Vater besucht hätte.

„Vielleicht morgen, wenn ich Zeit habe“, antwortete er kühl.

Ein stechender Schmerz durchfuhr meine Brust. Morgen, hatte er gesagt. Morgen! Hatte Jóhannes überhaupt noch genügend Kraft, einen weiteren Tag durchzuhalten?

„Deinem Vater geht es sehr schlecht“, antwortete ich ernst und warf ihm einen ärgerlichen Blick zu. „Du solltest ihn wirklich sofort besuchen.“

Früh am nächsten Morgen klingelte mein Telefon.

„Hier ist Hjálmar. Ich wollte dir mitteilen, dass mein Vater gestorben ist.“ Nach einer Pause fügte er hinzu: „Ich habe ihn gestern Abend besucht und bis spät in die Nacht bei ihm gesessen. Am frühen Morgen ist er gestorben.“

Herbstsonate

Über den Häusern von Reykjavík hing ein regenschwerer Wolkenschleier. Hässliches braungelbes Laub klebte auf den bunten Wellblechdächern, das der Sturm in der Nacht von den Bäumen gewischt hatte. Ich starrte gedankenverloren aus dem Fenster. Es war noch früh am Morgen. Das fahle Licht der Straßenlaternen verbreitete eine kalte, ungemütliche Stimmung. Eigentlich wollte ich an diesem Morgen ausschlafen. Páll hatte versprochen, nach Sif zu schauen, wenn sie aufwachte. Doch als die Kleine mit lauter, eindringlicher Stimme um fünf Uhr nach ihrer Mutter schrie, hatte Páll sich stöhnend auf die Seite gedreht und keine Anstalten gemacht aufzustehen. Natürlich hätte ich ihm einen leichten Tritt in die Seite verpassen können und darauf bestehen sollen, dass er sich gefälligst um seine Tochter kümmert. Allerdings hatte ich mit dieser Methode am letzten Wochenende keine guten Erfahrungen gemacht. Er war mies gelaunt aus dem Bett gekrochen, und ein paar Minuten später hörte ich ihn das Kind anschreien. Daraufhin sprang ich ebenfalls aus dem Bett, und das Ganze endete in einem heftigen Streit untermalt von Sifs Gekreische. Das Morgenkonzert endete erst, als unser Nachbar an die Wand klopfte.

Jetzt schlief Sif wieder und würde wahrscheinlich erst gegen acht Uhr aufwachen.

Unten von der Straße klangen Stimmen zu mir hinauf. Gleich darauf hörte ich das Geräusch von zerbrochenen

Glasflaschen. Eine Handvoll Jugendlicher torkelte grölend die enge Straße entlang. Sie kamen aus der nahegelegenen Innenstadt, wo sich samstagnachts das Nachtleben mehr auf der Straße als in den teuren Klubs abspielte. Müde schlurfte ich in die Küche und schaltete die Kaffeemaschine ein. Während das Wasser gurgelnd durch die Maschine lief, schlüpfte ich in Jeans und Sweatshirt, strich mit einer Bürste hastig durch mein Haar. Anschließend trank ich einen Schluck Kaffee und goss den Rest in eine Thermoskanne für Páll. Bevor er nicht seine zwei Tassen Kaffee und drei Zigaretten geraucht hatte, war er nicht ansprechbar. Auf dem Küchentisch mit der zerschlissenen Plastiktischdecke lagen die Autoschlüssel. Ohne lange zu überlegen schnappte ich sie mir und lief aus dem Haus. Während ich den Zündschlüssel umdrehte fiel mir ein, dass meine Mutter heute zum Mittagessen kommen wollte und ich deshalb die Lammkeule rechtzeitig in den Ofen schieben musste. Wäre das Auto nicht sofort angesprungen, wäre ich ohne zu zögern wieder zurück in unsere Wohnung gegangen, hätte das Wohnzimmer aufgeräumt und eine Ladung schmutzige Wäsche in die Waschmaschine gestopft. Der Wagen sprang trotz seines Alters sofort an. Ich trat auf das Gaspedal und fuhr los. Ich wusste nicht, wohin ich fuhr. Ich wollte nur raus aus der Stadt.

Ich fuhr vorbei an den betrunkenen Jugendlichen, die ein Stück weiter auf einer Bank saßen und rauchten. Ein Mädchen mit zerzausten, langen blonden Haaren hatte ihren Kopf auf den Schoß eines der Jungen gelegt und schien zu schlafen. Die Hand mit der Zigarette baumelte schlaff auf die Erde herunter.

Es waren nur wenige Fahrzeuge unterwegs. Taxis, die die Vergnügungssüchtigen der Nacht nach Hause brachten, fuhren mit überhöhter Geschwindigkeit an mir vorbei. Ich fuhr einfach immer geradeaus. Irgendwann näherte sich die Straße dem Meer. Über der grauen Wasserfläche, irgendwo am Horizont, deutete eine schwache Helligkeit den Beginn eines neuen Tages an.

Ein neuer Tag? Dieser anbrechende Tag war kein neuer Tag. Wütend schlug ich mit der Faust auf das Lenkrad und hätte dabei fast die Kontrolle über den Wagen verloren. Dieser Sonntag würde ein Abbild aller vorherigen Sonntage werden. Auch die anderen Wochentage glichen einer dem anderen. Die feste Routine der Arbeit in der Bank, die Hausarbeit, sich um das Kind, Páll und meine Mutter zu kümmern hatte so stark von meinem Leben Besitz ergriffen, dass alle Tage abliefen wie eine endlose Wiederholung eines melancholischen Liedes auf einer alten zerkratzten Schallplatte. Ich wollte dieses Lied nicht mehr hören, doch die Melodie hatte sich in meinen Kopf festgekrallt, und ich konnte mich nicht von ihr befreien. Als Páll und ich vor fünf Jahren in eine gemeinsame Wohnung zogen und vor knapp einem Jahr Sif auf die Welt kam, fühlte ich mich gebraucht und erfüllte mit Hingabe meine Aufgaben als Mutter, Ehefrau und Tochter. Ich wollte nur eins, alle Wünsche und Bedürfnisse meiner Lieben erfüllen und mich für sie aufopfern. Hätte mich damals jemand gefragt, ob ich glücklich mit meinem Leben wäre, hätte ich ohne Zweifel diese Frage bejaht. Etwas hatte sich verändert. War ich es oder die Personen um mich herum? In den letzten Wochen beobachtete ich mein Leben wie unter einem Vergrößerungsglas. Plötzlich fiel mir auf, dass meine Mutter sich nie für meine Hilfe bedankte, sondern bei jeder Gelegenheit an mir herumkritisierte. Überall hatte sie etwas auszusetzen, mal war es das Essen, das ich kochte, mal war es die Art, wie ich meinen Haushalt führte oder das Kind erzog. Sogar meine Kleidung war ihr in letzter Zeit ein Dorn im Auge. Auch Páll schien mürrischer und unzufriedener. Anstatt mich wie früher mit einem Kuss zu begrüßen, wenn er von der Arbeit kam, setzte er sich nach einem flüchtigen ‚Hallo' entweder vor den Computer oder schaltete den Fernseher an. Ich musste an Sif denken. Wie würde es sein, wenn sie in das Pubertätsalter kam? Würde sie sich dann auch von mir zurückziehen, mich kritisieren und verärgert reagieren, wenn ich ihr unangenehme Fragen stellte?

Mir stiegen bei dem Gedanken Tränen in die Augen. Krampfhaft hielt ich das Steuer des Wagens fest. Was wollte meine Familie von mir? Ich liebte sie alle, opferte mich auf, stellte meine Bedürfnisse in den Hintergrund, versuchte immer freundlich und hilfsbereit zu sein. Aber anstatt Dank und ein kleines Zeichen von Anerkennung erntete ich nur Missmut. Ich quälte mich müde und lustlos durch Tage und Wochen. Immer öfter griff ich zu Tabletten oder trank ein Glas Wein, um zur Ruhe zu kommen.

Ich hatte inzwischen Reykjavík verlassen, bog auf gut Glück in eine Nebenstraße ein. Plötzlich stand wie aus dem Nichts ein Schaf mitten auf dem Weg. Ich trat ruckartig auf die Bremse, mein Körper schnellte nach vorne. Reflexartig konnte ich den Stoß gerade noch am Lenkrad abfangen. Ich hatte vergessen, mich anzuschnallen. Das war mir noch nie passiert. Auf einmal dachte ich klarer.

Wo war ich überhaupt? Warum war ich überhaupt hier, in dieser Einöde? Beidseitig des Weges breitete sich unförmiges graues Lavagestein aus. Es gab mehrere solcher Lavafelder in der Nähe von Reykjavík. Wie lange war ich schon unterwegs? Meine Armbanduhr lag zu Hause auf dem Nachtschrank. Die Uhr im Auto war schon seit Monaten kaputt. Ich erinnerte mich nicht einmal mehr, in welcher Richtung ich aus der Stadt gefahren war. Wütend über mich selbst trommelte ich mit meinen Fäusten auf das Lenkrad und schrie aus Leibeskräften. Unverhofft hatte ich auf die Hupe gedrückt. Das Schaf am Straßenrand blickte zu Tode erschrocken zu mir herüber und flüchtete panikartig mit einem waghalsigen Sprung in die Lava. Trotz verweinter Augen musste ich plötzlich laut lachen. Das arme Ding, dachte ich, kommt hier in aller Herrgottsfrühe so eine hysterische Frau und stört dich. Langsam fuhr ich weiter. Der Asphalt endete. Die Straße ging in einen einigermaßen gut befahrbaren Feldweg über. An einer Einbuchtung hielt ich an. Ich kurbelte das Seitenfenster hinunter und schaltete den Motor aus. Die frische herbstliche Morgenluft kühlte mein heißes Gesicht. Für einen Moment schloss ich meine Augen. Als ich sie wieder öffnete, hatte die aufgehende Sonne die Landschaft in ein goldenes Licht getaucht. Auf dem Rücksitz lag eine Jacke von Páll. Ich zog sie an und stieg aus. Sogleich wurde mein Kopf freier und ich beschloss, einen Spaziergang zu machen. Ich wollte nicht mehr über mein Leben nachdenken, sondern einfach nur atmen, sehen und die Natur um mich herum fühlen.

Auf den Mooskissen zwischen der flechtenbewachsenen Lava lagen kristallklare Regentropfen wie Perlen. Ich strich mit meiner Hand über diese zarten Gebilde. Das Moos war weich und duftete nach nasser Erde. Zwischen dem Geröll leuchtete rostrotes Beerenlaub in der Sonne. Vereinzelt hingen noch ein paar Blaubeeren an den dünnen Zweigen. Sie hatten ihren süßen Geschmack des Spätsommers verloren, warteten nun auf die ersten Nachtfröste. Ich lächelte. Wie lange war es her, seit ich zuletzt die Natur auf diese Weise wahrgenommen hatte? Mein Alltag war so ausgefüllt mit anderen Dingen, dass ich kaum bemerkte, wie die Jahreszeiten vorüberzogen. Als Kind konnte ich stundenlang allein im Garten oder in dem an unser Haus angrenzenden Lavafeld sitzen. Ich stellte mir vor, wie Blumenelfen, ähnlich wie Schmetterlinge, von einer Blüte zur anderen flogen oder sich Bälle aus glänzenden Tautropfen zuwarfen. Nie wurde mir langweilig. Man hatte mir erzählt, dass Trolle zwischen dem Lavagestein wohnten. Ich aber hatte keine Angst vor diesen furchterregenden Geschöpfen, denn ich wusste, dass sie mit den ersten Strahlen der Morgensonne zu Stein erstarrt waren.

Ich ging weiter in das Lavafeld hinein, ohne Ziel und ohne Zeitgefühl. Ein Schneehuhn huschte verschreckt aus seinem Versteck. Über meinem Kopf flog krächzend ein Rabenpaar hinweg. Danach herrschte Totenstille. Es war, als ob die Welt plötzlich ihren Atem angehalten hätte, die Zeit nicht mehr existierte. Ich setzte mich auf einen Grasfleck. So entspannt und gelöst hatte ich mich seit Ewigkeiten nicht mehr gefühlt. Alle Probleme, die Hektik, die Routine des Alltags, alle diese Dinge schienen in diesem Augenblick unendlich weit entfernt zu sein. Die Sonne hatte die wärmende Kraft des Sommers noch nicht ganz verloren. Ich zog Pálls Jacke aus und legte mich auf den weichen nach Tabakrauch riechenden Stoff. Eine lethargische Mattigkeit überfiel mich. Was machte es schon, wenn ich hier ein kleines Nickerchen hielt? Ich fiel sofort in einen tiefen Schlaf und sah mich im Traum panisch durch die Lava rennen. Tausend Gedanken jagten durch meinen Kopf. Ich muss nach Hause, muss Essen kochen, mich um Sif und meine Mutter kümmern. Pálls Hemden mussten gebügelt werden. Morgen war mein Zahnarzttermin, den ich nicht vergessen durfte … Sif, Páll, meine Mutter, ich als gehetztes Tier zwischen den dunklen Felsen stolpernd. Immer wieder tauchten diese Bilder auf. Ich bekam Angst, wusste nicht, in welche Richtung ich laufen sollte. Plötzlich entdeckte ich eine Straße, doch bei jedem Schritt entfernte sie sich weiter von mir. Schließlich gab ich auf. Ich verkroch mich in einer Felsspalte. Ich hasste mein Leben. Vielleicht hasste ich sogar die Menschen, die ich meinte zu lieben. Mir war kalt, so schrecklich kalt. Dann wurde es hell um mich herum. Ich blickte erstaunt auf und sah eine ganz andere Landschaft vor mir. Kleine isländische Torfhäuser mit grünen Grasdächern, Leute in altmodischer Kleidung bei der Arbeit auf dem Feld. Alles sah so friedlich und bunt aus. War ich im Paradies? Das konnte nicht sein. Ich vernachlässigte mein Kind, meinen Mann, meine Mutter. Ein Leben im Elfenland hatte ich nicht verdient. Ich würde bei meinem Tod eher zu einem hässlichen Nachttroll erstarren. Völlig unerwartet stand eine Frauengestalt vor mir. Sie trug ein blaues, langes Kleid. Ich wusste sofort, dass es eine Frau aus dem huldufólk war. Sie schien so leicht wie eine Lichterscheinung. Die huldufrau hielt mir ihre Hand hin.

Auf ihr lag ein runder glatter Stein. Ich hörte nicht ihre Stimme, doch hatte ich das Gefühl, dass sie mir helfen wollte, mein Leben zu ändern.

Ich erwachte und fühlte mich erfrischt und gelassen. Plötzlich spürte ich in mir das sichere Gefühl, alles würde gut werden. Inzwischen stand die Sonne hoch am Himmel. Bestimmt war es schon Mittag. Ich stand auf, griff nach Pálls Jacke und machte mich auf den Weg, das Auto zu suchen. Für einen Moment dachte ich, ich hätte mich verlaufen. Aber da entdeckte ich hinter einer Lavaformation den roten Lack des Wagens. Ohne Schwierigkeiten fand ich den Weg zur Hauptstraße, die zurück in die Stadt führte. Während ich die Straße am Meer entlang fuhr, bekam ich Lust, noch kurz an den Strand zu gehen. Ich bog von der Hauptstraße ab und parkte das Auto an einer günstigen Stelle. Die See war noch unruhig vom ersten Herbststurm. Mit einem dumpfen Aufprall brachen sich die Wellen an den kantigen Schären und rollten schaumgekrönt den schwarzen Sand hinauf bis zu meinen Füßen. Laut kreischend sprang ich zurück, als die Reste einer Welle meine Schuhspitzen berührten. Da fiel mir mein Traum wieder ein. War diese mystische Frauengestalt vielleicht wirklich eine Frau aus dem huldufólk gewesen? Eines dieser unsichtbaren Wesen, die laut den alten Volkssagen, in Steinen und Hügeln wohnten? Ich kannte mich, im Gegensatz zu den Freundinnen meiner Mutter, nicht mit Traumdeutungen aus, dennoch gab es für mich keinen Zweifel daran, dass dieser Traum ein Zeichen oder ein Aufruf war, meine Lebenssituation zu überdenken. Sollte ich Páll verlassen? Meine Mutter sich selbst überlassen? Ich liebte meine Familie. Das konnten nicht die

Lösungen meiner Probleme sein. Selbstvergessen schaute ich auf das trübe Wasser. Mein Blick fiel auf etwas Helles. Ich bückte mich und hob es auf. Ein durchscheinender, milchigweißer Stein lag in meiner Hand. Vorsichtig strich ich die schwarzen Sandkörner von der vom Meer glattgeschliffenen Oberfläche. Der ovale Stein lag, wie für mich bestimmt, gut und warm in meiner Hand. Das Wesen in meinen Traum hatte einen ähnlichen Stein in der Hand gehabt. Ich steckte den Stein in meine Hosentasche. Er sollte ab jetzt mein ständiger Begleiter sein, mich daran erinnern, mich nicht zum Opfer meiner Lebensumstände machen zu lassen. Ich hatte mir selbst Scheuklappen angelegt, mich nur noch auf das Schlechte in meinem Leben konzentriert und die guten Dinge übersehen. Ich musste die Liebe, die tief in meinem Inneren steckte, wieder ausgraben. Die Menschen um mich herum konnte ich nicht ändern. Was ich ändern konnte, war meine innere Einstellung ihnen gegenüber.

Ich schloss die Augen und hielt mein Gesicht in den salzigen Wind. In diesen wenigen Stunden, draußen in der Natur, hatte ich die Kraft für einen neuen Anfang gefunden. Wer sagt, es gäbe keine Wunder!

Blaue Lupinen

Warum muss gerade an diesem Tag der Nebel so tief hängen? Verdammter isländischer Sommer. Die feuchtkalte Luft dringt durch den dünnen Stoff meines Popelinmantels. Ein paar der Beerdigungsgäste reiben sich verstohlen die Hände warm oder trippeln in ihren schwarzen Schuhen unruhig auf der Stelle. Die letzten Worte des Pastors verklingen von mir ungehört. Schließlich klappt er die Bibel zu. Vier Männer, darunter mein Vater, treten vor, greifen die Seile, die unter dem weißen Sarg liegen, heben ihn an und lassen ihn vorsichtig in das schwarze Erdloch gleiten. Meine Mutter greift als Erste nach der Schaufel und wirft einen Haufen Erde hinunter auf den Sargdeckel. Sie schlägt hastig ein Kreuz und wendet sich dem Pastor zu. Ich bin mit meinen Gedanken woanders, nehme die Zeremonie nur unbewusst wahr. Erst als Torben mich anstößt, begreife ich, dass es jetzt Zeit ist, von meiner amma Abschied zu nehmen. Die Rose in meiner Hand lässt traurig ihren Kopf hängen. Ich hätte lieber eine gelbe anstatt einer roten Rose gekauft, denn meine Oma liebte gelbe Blumen. Aber in dem Blumengeschäft gab es keine gelben Rosen.

Tränen steigen mir in die Augen. Ihr Tod war jedoch eine Erlösung gewesen. Sie hatte Alzheimer und schon seit Jahren nicht mehr ihre Angehörigen erkannt, die es nach und nach aufgaben, sie im Altersheim zu besuchen. Seit ich vor drei Jahren nach Hamburg gezogen war, hatte ich sie nicht mehr gesehen. Durch meine Mutter wusste ich, wie es um sie stand. Dennoch schrieb ich ihr weiterhin Briefe.

Stumm bewegen sich die Trauergäste auf den Parkplatz zu. Es fängt an zu regnen. Die Autoschlange bewegt sich im Schneckentempo durch das menschenleere Dorf auf das Gemeindehaus zu. Meine Mutter hat dem Frauenverein eine großzügige Spende zukommen lassen. Die Frauen backten bis spät in die Nacht. Beim Betreten des Gebäudes schlägt mir der Geruch von frisch gekochtem Kaffee entgegen. Sorgfältig dekorierte Sahnetorten, goldbraune Kleinur und Pfannkuchen stehen für die Gäste bereit. Anfangs wirken alle ein wenig verlegen. Mit ernsten Mienen schüttelt man sich gegenseitig die Hände und sucht sich einen Platz an den mit schneeweißen Tüchern gedeckten Tischen. Kurze Zeit später schlägt die Stimmung um. Ein Fremder hätte geglaubt, er befände sich auf einer Geburtstagsfeier.

Nach etwa zwei Stunden verabschieden sich Verwandte und Bekannte. Es müssen etwa 150 Leute gewesen sein, darunter eine Gruppe noch rüstiger Bewohner aus dem Altersheim. Eine Beerdigung war immer eine willkommene Abwechslung in ihrem grauen Alltag.

Meine Hand schmerzt vom vielen Händeschütteln.

„Können wir jetzt endlich gehen?“, fragt Torben und stöhnt. Ich nicke, wechsle noch kurz ein paar Worte mit meinen Eltern und verlasse mit meinem deutschen Verlobten im Schlepptau das Gemeindehaus. Meine Mutter hat uns ihren Wagen geliehen. Ich hatte Torben überredet, nach der Beerdigung nicht gleich wieder nach Hamburg zu fliegen, sondern noch ein paar Tage im alten

Ferienhaus meiner Großeltern zu verbringen. Es lag etwa eine Autostunde entfernt an einem einsamen Fjord.

Blaue Lupinen säumen den Straßenrand und wiegen sich träge im Wind. Die Gebirgsbäche sind vom Regen der letzten Tage angeschwollen und schlängeln sich wie weiße Würmer den Berg hinunter, stürzen sich auf ihrem Weg in kleinen Wasserfällen übermütig die Felsvorsprünge hinunter. Es ist lange her, seit ich diese Strecke gefahren bin. Damals ging ich noch aufs Gymnasium und fuhr mit afi, meinem Großvater, in seinem klapprigen Landrover zum Ferienhaus, um über das Wochenende Blaubeeren zu pflücken und Liebesromane zu lesen. Die Landschaft hat sich kaum verändert. Ich entdecke weiße Flecken an den Berghängen. Es sind Schafe, die sich den Bauch mit wilden Gräsern vollschlagen und auf den Schafabtrieb im Herbst warten. Wir kommen an verlassenen Bauernhöfen vorbei. Das Gras auf den Weiden ist kniehoch, keine Menschen, keine Kühe, kein Hofhund, der selbstmörderisch vor unser Auto läuft und uns wütend ankläfft. Eine gespenstische Stille liegt über dem Land.

Torben scheint das alles nicht wahrzunehmen. Er hat seine Kopfhörer auf den Ohren und hört Musik.

Im Wohnraum des Ferienhauses riecht es muffig. Es ist kalt und feucht. Ich schalte die Heizung ein. Zum Glück haben wir Strom. Auf dem Sessel vor dem Fenster liegt eine Wolldecke. Ich kuschele mich in die Decke ein, lausche auf das Knacken der Heizung und starre aus dem Fenster in die regennasse, wolkenverhangene Landschaft. Torben trägt unser Gepäck rein. Dann macht er sich in der Küche zu schaffen.

„Regnet es hier immer?“

„Manchmal“, antworte ich.

Ich habe keine Lust zum Reden. In meiner Hand halte ich ein Bündel Briefe. Meine Mutter hat sie mir gegeben. Den letzten Brief schrieb ich vor zwei Monaten.

Liebe amma,

in Hamburg regnet es schon seit Tagen. Die Stadt ist farblos und die Menschen hetzen mit ihren Regenschirmen durch die Straßen, um schnell ins Trockene zu gelangen. Wir Isländer sind anders. Wir benutzen keine Regenschirme. Der Regen schlägt uns ins Gesicht, Haare und Füße sind triefend nass und trotzdem kennen wir keine Eile. Torben hat eine Stelle in der Anwaltskanzlei seines Onkels angenommen. Vor lauter Arbeit bemerkt er gar nicht das trübe Wetter. Auch hat er wenig Zeit für mich. Der Stress wird nicht lange anhalten, meint er, er müsse sich eben erst einarbeiten. Er ist sehr ehrgeizig.

Mein Studium läuft gut, dennoch fühle ich mich schlecht. Manchmal ertappe ich mich dabei, wie ich aus dem Fenster gucke und versuche, zwischen den Dächern der Häuser ein Stück Himmel zu sehen. Auf Island ist so viel Weite, der Himmel unendlich und die Wolken immer in Bewegung. Hier sehe ich nur einen kleinen blaugrauen Flecken vom Himmel. Kann das vielleicht Heimweh sein? Torben spricht immer öfter von Heirat und von einem Kind. Sein Wunsch nach Kindern könnte schon bald in Erfüllung gehen, denn nächste Woche habe ich einen Termin bei meinem Frauenarzt.

Lass es dir gut gehen, liebe amma, und mache dir keine Sorgen um mich. Torben wird bald wieder mehr Zeit für mich haben und alles wird gut.

Alles Liebe,
deine Bryndís

Ich lege den Brief beiseite. Torben reicht mir eine Tasse heißen Kaffee. Dann beschäftigt er sich mit seinem Laptop. Ich bin froh, dass er mich in Ruhe lässt. Die nächsten Tage verlaufen in einem geruhsamen Tempo. Wir schlafen bis zum Mittag, essen, machen einen Spaziergang. Danach lese ich in Salka Valka von Laxness, er beschäftigt sich mit seinem Laptop und hört Musik. Ich fühle mich gut, auch wenn noch immer eine beklemmende Traurigkeit an mir nagt. Nach drei Tagen wird Torben unruhig.

„Ich halte die Stille hier nicht mehr aus. Lass uns die Koffer packen und die letzten Tage bis zu unserem Flug in Reykjavík verbringen."

Als Antwort erhält er von mir ein Schulterzucken. Dann packe ich stumm meine Sachen.

Am nächsten Morgen scheint endlich die Sonne von einem wolkenlosen strahlend blauen Himmel. Ich mache in aller Herrgottsfrühe einen Spaziergang hinunter zum Fjord. Ein frischer Wind streicht sanft über das Wasser, trocknet die taunassen wolligen Köpfe des Wollgrases. Ein halbes Dutzend Eiderenten schnattert bei meinem Näherkommen aufgeregt mit ihren Jungen davon. Ich halte Ausschau nach bunten Steinen und Muscheln als Dekoration für die Fensterbank, merke kaum, wie die Zeit vergeht. Endlich kann ich wieder lächeln.

Zurück mit einem Strauß blauer Lupinen sehe ich von Weitem Torben mit unserem Gepäck abfahrbereit auf der Veranda stehen.

„Da bist du ja endlich. Wir müssen los!"

Während ich schnurstracks auf die offene Haustür zugehe, rufe ich fröhlich:

„Ich bleibe hier!“

Gummischuhe und Wollpullover

„Hast du dir das auch gut überlegt?“
„Deinen Mut bewundere ich. Wer weiß, ob du nach einem Jahr wieder einen Job und so eine hübsche Wohnung findest.“

„Dort wohnen die Menschen doch in Iglus, oder?“

„Schicken Sie mir eine Flasche Whisky aus Irland, Fräulein Günter?“

„Sie fährt nach Island, Herr Kaiser!“

„Ich glaube nicht, dass du es da lange aushältst. Du sprichst ja nicht einmal die Sprache.“

Die Worte meiner Arbeitskollegen auf meiner Abschiedsfeier im Großraumbüro klingen mir noch immer manchmal in den Ohren. Seit sechs Monaten lebe ich nun schon auf Island. Ich wohne auf einem Bauernhof im Norden der Insel, passe tagsüber auf zwei süße freche Kinder auf, helfe im Stall und im Haushalt. In meiner Gastfamilie wird weder Englisch noch Deutsch gesprochen. Also muss ich mir mit Wörterbuch und Zeichensprache behelfen, was oft zu Missverständnissen führt. Inzwischen verstehe ich zwar nicht jedes Wort, aber meistens den Sinn der Sätze. Isländisch kommt mir vor wie ein Gemisch aus allen skandinavischen Sprachen und einer Prise Englisch. Gelobt sei meine Englischlehrerin aus meiner Schulzeit, die uns die Aussprache des englischen *th* (Zunge zwischen die Zähne!) bis zum Umfallen üben ließ.

Jetzt habe ich die Kinder als Sprachlehrer. Die nehmen keine Rücksicht auf Ausländer und plappern munter drauflos. Meine Habseligkeiten passen in einen Rucksack. Ich fühle mich wie befreit von der ewigen Frage, was soll ich heute anziehen. Mein Bürooutfit habe ich gegen Gummischuhe und Islandpullover ausgetauscht. Obwohl ich hier jeden Tag 24 Stunden lang im Einsatz bin, kommt es mir vor wie ein langer Urlaub. Das Büro und Deutschland vermisse ich nicht. Nur selten schleicht sich ein vager Gedanke an die Zukunft in meinen Kopf, den ich aber möglichst schnell wieder verdränge.

Bei meiner neuen Arbeit stelle ich mich, zum stillen Vergnügen der Isländer, oft ungeschickt an. Im Stall ist die ehemalige Großstadtpflanze auf jeden Fall keine große Hilfe. Die Euter der Kühe zu waschen und mit Melkmaschinen zu hantieren ist nicht so mein Ding. Lieber gebe ich Schafen und Kühen Heu und Wasser, koche, backe, wasche die nach Stall riechende Wäsche und falle spät abends todmüde ins Bett.

Ásdís ist davon überzeugt, dass ich hier auf dem Land meinen Mann fürs Leben finde. Sie sieht mich schon mit einer Handvoll Kinder am Rockzipfel Kuchen für die Veranstaltungen des ländlichen Frauenvereins backen. Junggesellen gibt es anscheinend genug. Vor etwa einem Monat hat sie mir Robert Redford in Gummistiefeln vorgestellt. Da es jetzt im Frühjahr auf dem Hof nicht so viel Arbeit gibt, arbeite ich vormittags in der Fischfabrik in einem drei Kilometer entfernten Dorf. Robert Redfort arbeitet auch dort. Sie hat es arrangiert, dass er mich auf seinem Weg dorthin in seinem Jeep mitnimmt. Gut sieht der Mann ohne Zweifel aus, wenn man von der zerschlissenen altmodischen Kleidung absieht, und er wohnt allein auf einem Bauernhof.

Da ich nicht nur wegen seiner nuscheligen Aussprache kaum ein Wort verstehe, falls er mal etwas anderes als „hei“ zu mir sagt, haben wir es schnell aufgegeben, uns während der Fahrt zu unterhalten.

In der Fischfabrik arbeitet auch Lalli. Er lacht viel und hat, obwohl kaum älter als ich, fast keine Zähne mehr im Mund. Zahnarztbesuche sind teuer auf Island. Der Lohn in der Fischfabrik wird in nützlichere Dinge, wie z.B. einen neuen Landrover, angelegt. Unter seiner orangeroten Gummilatzhose trägt er bunt gemusterte Wollpullover, die seine Oma für ihn strickt. Mit seiner knubbeligen Nase und seiner Pfeife mit dem zerkauten Mundstück im Mund sieht er aus wie die Comicfigur Popey. Jedoch bezweifle ich, dass er sich von Spinat ernährt. Die Isländer, die ich bisher kennengelernt habe, sind Fleisch-, Fisch- und Kuchenesser. Ihr Gemüseverzehr beschränkt sich überwiegend auf Kartoffeln und Rüben. Zu besonderen Anlässen gibt es Erbsen und Rotkohl aus der Dose. Lalli schaufelt, begleitet von lautstarker Musik aus dem Radio, acht bis zehn Stunden am Tag Dorschköpfe auf ein Fließband, das diese zu den Tischen der Frauen transportiert. Dort stehe ich zusammen mit drei Geschlechtsgenossinnen und fädele immer schön zehn der glitschigen Köpfe mit Hilfe einer Riesennadel auf ein blaues Band. Halldór, unser Vorarbeiter, behält alles im Auge in der kleinen Baracke. In regelmäßigen Abständen gönnt er sich eine Prise Schnupftabak und schnieft danach lautstark in sein dreckiges Taschentuch. Seine Frau hat ihn vor drei Jahren verlassen, wurde mir zugeflüstert.

Ragnar ist Witwer. Er könnte vom Alter her mein Vater sein. Vor einer Woche nahm er mich in seinem Boot mit, um nach seinen Netzen auf dem Fjord zu sehen. Als wir aufbrachen, schien die Sonne, aber es wehte ein kalter Wind. Das Wasser war glasklar. Trotz der Tiefe konnte ich bis auf den Meeresboden sehen. Wir hatten elf Seehasen im Netz. Die kugeligen Fische mit ihren rötlichen Bäuchen werden nur um diese Jahreszeit herum gefangen, dann schmecken sie, mit süßem Schwarzbrot als Beilage, am besten. Lange konnten wir uns draußen auf dem Fjord nicht aufhalten, denn eine dunkle bedrohliche Wolkenwand näherte sich vom Meer her. Kurz darauf fing es an zu schneien und der Wind nahm zu. Ásdís stand grinsend am Fenster, als Ragnar mich zurück auf den Hof brachte und mir einen Teil des Fanges in die Hand drückte. Abends gab es dann raudmaga zum Essen.

Donnerstag ist fernsehfreier Tag. Dann werden nach dem Melken abends die Nachbarn besucht. Die Kinder und ich fahren jedes Mal mit. Es versammeln sich alle um einen großen Küchentisch und stopfen sich mit Kuchen voll. Da ich mich wenig an der Unterhaltung der Erwachsenen beteiligen kann, behalte ich die Kinder im Auge. Trotzdem hat es der fünfjährige Aron einmal geschafft, sich in die gute Stube unserer Gastgeber zu schleichen und in die große Bodenvase zu pinkeln. Mit seinen hellblonden Haaren und dem verschmitzten Lächeln im Gesicht könnte er das Double von Michel aus Lönneberga sein. Seine kleine Schwester Sara ist dagegen brav wie ein Lamm. Kurz vor Mitternacht fahren wir dann mit den schlafenden Kindern auf dem Arm nach Hause.

Findet im Versammlungshaus der Gemeinde ein Tanzfest statt, wird ein Babysitterersatz für mich gefunden. Die Entschuldigung, dass ich kein passendes Kleid für diesen Anlass mitgebracht habe, lässt Ásdís nicht gelten. Sie kramt einfach einen alten Gardinenstoff hervor und hilft mir beim Nähen. Bin ich froh, dass mich keiner von meinen Freunden in Deutschland in diesem Aufzug sieht. Auch habe ich bestimmt fünf Kilo zugenommen.

Die Ballbesucher sind zurückhaltend, aber dennoch neugierig mir gegenüber. Es sind immer die gleichen Fragen, die gestellt werden: Woher kommst du? Wie lange bleibst du? Wie gefällt dir Island? Die aus der nächsten Stadt engagierte Band spielt Schlager, die alle kennen. Das Programm wiederholt sich stündlich, doch allen gefällt es, und die Tanzfläche ist immer voll. Auch mich fordert man zum Tanzen auf. Zum Glück trinken die Isländer schon bevor sie einen Ball besuchen zum Aufwärmen ein paar Gläser brennivín, sodass es kaum bemerkt wird, wenn ich jemandem auf die Füße trete. So gegen vier Uhr morgens sammeln ein paar nüchtern gebliebene Fahrer die Leute ein, um sie nach Hause zu bringen. Meistens herrscht Schneegestöber und manchmal kommt es vor, dass sich die Jeeps gegenseitig aus den Schneeverwehungen ziehen müssen. Während die Männer sich, mit Schaufeln bewaffnet, wie furchtlose Wikinger durch den Schnee kämpfen, tauschen die Frauen auf den Rücksitzen fröhlich den neuesten Klatsch aus. Ich sitze eingeklemmt und stumm dazwischen und sehe mich schon erfroren in meinem Gardinenkleid in einer Schneewehe liegen. Irgendwie kommen aber dennoch immer alle gesund nach Hause.

Am nächsten Morgen gönnt man sich den Luxus, eine Stunde länger zu schlafen, denn dann müssen die Kühe gemolken werden.

Tja, die Verkuppelungsversuche von Ásdís sind bisher alle gescheitert und werden wohl auch in Zukunft keine Früchte tragen, denn ein Wort fehlt in meinem kleinen Wörterbuch. Das Wort lesbisch.

Das Ende der Reise

Schlaftrunken schaute Stína auf ihren Wecker, der neben dem Bild ihres verstorbenen Mannes auf dem Nachtschrank stand. Die neongrünen Zeiger zeigten auf halb acht. Erst in einer halben Stunde würde Dóra, die Vorsteherin des Altenwohnheimes, sie aus dem Bett jagen. Stína drehte sich vorsichtig auf ihre andere Seite und zog das bauschige Federbett über ihre knochigen Schultern. Sie genoss es, frühmorgens in diesem angenehmen Zustand zwischen Wachen und Schlafen in ihrem warmen Bett zu dösen. Dann war sie es, Kristín Reynisdóttir, die in ihren Träumen Regie führte.

Wie fast jeden Morgen liefen Bilder aus längst vergangenen Zeiten vor ihrem inneren Auge ab. Das Dorf, die schneebedeckten Berge, die den Fjord umrahmten, die mannshohen Wellen, die tosend den schwarzsandigen Strand hinaufrollten und der salzige Seewind, der mit ihrem Haar spielte und ihr damals so oft die schweren Gedanken aus dem Kopf geblasen hatte. Und ständig tauchte ein Mann in diesem Bilderreigen auf. Stína konnte auch heute noch, nach mehr als vierzig Jahren, sein Aussehen bis ins kleinste Detail beschreiben. Ihre Begegnung mit ihm auf dem Mittsommernachtsfest, wo sich ihre Blicke zum ersten Mal getroffen hatten, hatte sich mit den Jahren immer fester in ihrem Kopf verankert. Nur einen einzigen Tanz hatten sie gemeinsam getanzt, dann war sie mit ihm an den Strand gegangen. Er hatte seinen Arm um

Stínas Schultern gelegt, und wortlos hatten sie auf den Horizont geblickt, wo der rotglühende Sonnenball sich sachte auf das graublaue Meer setzte, um kurze Zeit später wie ein riesiger Luftballon wieder in den Himmel zu steigen. Nie wieder hatte Stína so ein prächtiges Farbenspiel der Natur erlebt, und nie wieder war sie Jón so nahe gewesen. In den darauffolgenden Jahren hatte sie ihn manchmal mit seinem alten Landrover durch das Dorf fahren sehen oder ihn zufällig in dem kleinen Lebensmittelladen getroffen. Er hatte gegrüßt und ihr einen sehnsuchtsvollen Blick zugeworfen. Stína war jedes Mal errötet. Mehr Kontakt hatte es zwischen ihnen nicht gegeben.

Als Stína nach einigen Jahren mit ihrem Mann und den fast erwachsenen Kindern in den nächstgrößeren Ort gezogen war, hatten sie sich ganz aus den Augen verloren. Damals hatte sie sich eingeredet, das Schicksal meinte es gut mir ihr, denn dieses starke Gefühl von Zuneigung, für einen ihr fast fremden Mann, hatte sie zutiefst verwirrt. Sie war verheiratet, hatte zwei Kinder, um die sie sich kümmern musste. Eine Verbindung mit Jón wäre undenkbar gewesen und hätte viel Leid und Schmerz gekostet.

„Stína aufstehen! Es ist acht Uhr."

Dóra klopfte an die Zimmertür. Ihre krächzende Stimme ließ Stína einen kalten Schauer über den Rücken laufen. Widerstrebend öffnete sie die Augen und blinzelte in den von der Morgendämmerung nur schwach erhellten Raum. Ihr war es unbegreiflich, warum Dóra es für notwendig hielt, die Bewohner des Altenwohnheimes so früh am Morgen zu wecken. Niemand musste zur Arbeit, und der Tag war sowieso viel zu lang. Stína setzte sich auf die Bettkante. Mit der linken Hand schob sie die Vorhänge ein Stück zur Seite. Draußen vor ihrem Fenster lag silbrig glänzender Raureif auf dem noch grünen Gras. Wie mit Puderzucker bestreut ragten die Gipfel der entfernten Berge in den klaren Morgenhimmel. Der erste Schnee nach dem kurzen Sommer. Stínas zarter Körper fröstelte. Ihre steifen Glieder brauchten morgens ein wenig Zeit, um ihre Pflicht zu erfüllen. Mit zitterigen Fingern griff sie nach ihrem Kleid und zog es sich über den Kopf. Danach kämmte sie vor dem Spiegel ihr weißgraues Haar. Alles an ihr und ihrer Umgebung schien Stína grau, auch ihre Haut. Sie hing schlaff in ihrem Gesicht, und der fahle Teint ließ ihre Falten noch deutlicher hervortreten. Mit den Jahren akzeptierte Stína den stetigen Verfall ihres Körpers. An dem Kampf gegen das Altern, den die jungen Frauen heute verbissen kämpften, hatte sie nie teilgenommen, und nun verlor er seinen Sinn. Die Lebenszeit ihres Körpers ging ihrem Ende zu. Und das war gut so, denn was sollte man anfangen mit einem altersschwachen, kraftlosen Körper, der einem nicht mehr gehorchte? Aber ihre Seele. Stína wusste, ihre Seele war noch nicht bereit, Abschied von der Welt zu nehmen. Etwas in ihrem Inneren sehnte sich noch immer nach Leben, Freude, Lachen, nach einer warmen zärtlichen Hand eines geliebten Menschen. Manchmal wurde diese Sehnsucht so stark, dass ihr das Herz schmerzte und eine tiefe Traurigkeit sich über ihr Gemüt legte. An solchen Tagen blieb sie in ihrem Bett, zog die Bettdecke über den Kopf und versank in ihre Traumwelt, weit weg von der Wirklichkeit.

Die anderen Heimbewohner hatten ihre Plätze schon eingenommen, als Stína das Esszimmer betrat. Dóra warf ihr einen mürrischen Blick zu. Stína kümmerte das nicht. Eile gehörte nicht mehr zu ihrem Leben.

Am Frühstückstisch herrschte kaltes Schweigen. Óskar hatte brav seine Scheibe Brot verspeist und eine Tasse Kaffee getrunken. Nun starrte er mit leerem Blick aus dem Fenster. Wie jeden Tag würde er bis zum Mittagessen auf seinem Platz sitzen bleiben. Die Augen würden ihm nach einer Weile zufallen, und der schwere Kopf vornüber sinken. Wie leblos hockte er auf seinem Stuhl. Nur sein Körper schien in dieser Welt anwesend, dachte Stína. Seine Seele hatte schon vor langer Zeit den Endpunkt ihrer Lebensreise erreicht und befand sich nun auf dem Weg ins Jenseits.

Jóhann genehmigte sich trotz des Protestes von Dóra eine Prise Schnupftabak. Genüsslich sog er die schwarzen Krümel in seine knubbelige Nase. Gleich danach zog er ein rotes Schnupftuch aus der Hosentasche und schnäuzte sich so laut, dass sogar Óskar kurz aufschaute. Außer zu den Mahlzeiten bekam Stína Jóhann kaum zu sehen. Er verbrachte seine Zeit in seinem mit Büchern vollgestopften Zimmer und las bis ihm die Augen schmerzten.

Fridrík und Eysteinn kauten stumm an ihren Broten. Beide litten unter ihrer Schwerhörigkeit. Sie waren es leid, ständig nach den Worten zu fragen, die sie nicht verstanden. Gegenüber von Fridrík und Eysteinn saßen Inga und Gudrún.

„Ob meine Tochter mich wohl heute besuchen kommt?“, unterbrach Gudrún die Stille.

„Mach dir keine Hoffnungen, Gudrún. Du weißt doch, dass sie wenig Zeit hat.“

Dóra räumte geschäftig Teller und Tassen vom Tisch. Sie sah nicht, wie die alte Frau den Blick senkte und ihr eine Träne über die Wange lief. Stína nutzte den Augenblick und ließ das Häufchen Tabletten, welches vor ihr lag, in der Tasche ihres Kleides verschwinden. Wenn sie merkte, dass Dóra sie beobachtete, schluckte sie diese harmlos aussehenden roten, weißen und gelben Dinger, denn sie wollte die Vorsteherin nicht unnötig reizen. Einmal fragte sie, was das für Tabletten waren, die sie jeden Tag schlucken musste, obwohl sie sich nicht krank fühlte. Sie erhielt keine Antwort.

„Übrigens wird heute Nachmittag ein neuer Heimbewohner zu uns kommen“, rief Dóra aus der Küche. „Macht bitte einen guten Eindruck.“

Mit gebeugtem Rücken, so als ob eine tonnenschwere Last auf ihren Schultern läge, schlurfte Stína in den Aufenthaltsraum. Sie ließ sich in einen der klobigen, gepolsterten Sessel fallen, aus denen man nur mit Mühe aufstehen konnte. Weil sie sich wie eine Gefangene in dieser Sitzgelegenheit fühlte, hasste sie diesen Platz. Doch das Monstrum stand am Fenster. Sie sah den Himmel, sah die Wiesen, auf denen im Sommer die Kühe grasten und sah die Berge in der Ferne am Horizont. Heute fand sie wenig Gefallen an der Aussicht. Eine lähmende Müdigkeit machte sich in ihrem Körper breit, raubte ihr alle Lebensfreude. Seit sie vor zwei Jahren in das Heim eingezogen war, hatte ihr Leben seinen Sinn verloren. Ihre Tochter Valdís lebte in dem 500 Kilometer entfernten Reykjavík und ihre Enkelin studierte im Ausland. Sie fühlte sich oft einsam in ihrem Haus am Rande des Dorfes. Das war der Grund, warum sie sich dem Drängen ihrer Tochter schließlich unterwarf und ihre Einwilligung für den Einzug in das Altenwohnheim gab. Aber es dauerte nicht lange, bis ihr klar wurde, dass für sie und die anderen Heimbewohner das Heim nichts anderes als ein Wartesaal darstellte, ein Wartesaal auf den Tod. Natürlich wurden sie gut versorgt. Das Essen war stets reichlich und gut, sie wurden wöchentlich gebadet, und die Pflegerinnen sorgten für Sauberkeit und Reinheit. Doch etwas Entscheidendes fehlte zum Glücklichsein. Es fehlte Leben.

Später, nach dem Mittagessen, kam Anna und löste Dóra ab. Anna arbeitete seit einem halben Jahr in dem Heim. Wenn die junge Frau das Heim betrat, wurde die Luft in den Räumen leichter, und ein Anflug von einem Lächeln legte sich auf die erstarrten Gesichter der Heimbewohner.

„Guten Tag, Stína!“ Anna betrat mit einem Stapel Wäsche im Arm Stínas Zimmer. Vorsichtig öffnete sie die oberste Schublade der alten Eichenholzkommode und legte ein frisch gewaschenes Nachthemd und Unterwäsche hinein. Stína schreckte auf, als wenn jemand ihr unerwartet eine Hand auf die Schulter gelegt hätte. Das Buch, in dem sie gelesen hatte und das aufgeklappt auf ihren Schoss lag, rutschte auf den Boden.

„Stína, träumst du?“ Anna reichte ihr den Roman von Gunnar Gunnarsson und breitete eine warme Decke über ihre Knie. Sie wusste von Stínas Tagträumen, ihren heimlichen Ausflügen in längst vergangene Zeiten. Manchmal bekam sie Angst um Stína, denn sie spürte, dass diese Erinnerungen eine Flucht aus der Wirklichkeit waren. Nur zu gerne ließen sich die alten Menschen auf dem Meer der schönen Erinnerungen treiben, genossen das sanfte Schaukeln auf den Wellen der Vergangenheit. Dabei wurden sie oft hinausgetrieben mit dem Strom, verloren den Kontakt zum Leben, zu ihren Mitmenschen. Irrten wie hilflose Kinder durch einen dunklen Wald und fanden nicht mehr zurück.

Leise öffnete sich die Tür zu Stínas Zimmer. Gudrún spähte durch den Türspalt.

„Komm herein, Gudrún“, forderte Anna die alte Frau freundlich auf.

„Ist dies nicht mein Zimmer?“ Gudrún blickte verwirrt auf Stína.

„Hast du wieder vergessen, wo dein Zimmer ist?“

Anna schob die mit einem dünnen Nachthemd bekleidete Frau vorsichtig aus dem Raum. Stína schaute ihr traurig hinterher. Wie bedrückend und furchtbar musste es sein, wenn man sich nicht mehr in der Welt zurechtfand, seine Kinder nicht mehr erkannte und irgendwann sich selbst fremd wurde. Sie versuchte, sich wieder auf ihr Buch zu konzentrieren, doch ihr Lieblingsautor schaffte es auch dieses Mal nicht, ihre Aufmerksamkeit auf sich zu ziehen. Letztendlich gab sie auf, legte das Buch beiseite und ging in den Aufenthaltsraum. Auf dem Weg dorthin traf sie Anna.

„Unser neuer Heimbewohner ist schon da“, flüsterte sie Stína zu und deutete auf einen Mann, der leicht vornübergebeugt auf einen Gehstock gestützt am Fenster stand. Er drehte Stína den Rücken zu. Seine Haltung drückte eine tiefe Schwermütigkeit aus, und Stína musste daran denken, wie ihr zumute gewesen war an ihrem ersten Tag im Altenwohnheim. Sie hatte sich damals wie aufs Abstellgleis geschoben gefühlt, von Gott und der Welt verlassen.

„Guten Tag. Ich heiße Stína“, sprach Stína den Alten zögernd an. Der Mann am Fenster richtete sich ein wenig auf. Er drehte sich langsam zu ihr herum. Stína schaute ihm ins Gesicht und erstarrte. Diese Augen. Sie kannte diese wasserblauen, tiefsinnigen Augen. Und genau wie vor mehr als vierzig Jahren traf der Blick aus diesen Augen sie wieder mitten ins Herz. Stína sah sich den Mann ihr gegenüber genauer an. Dunkle Schatten umrahmten seine Augen. Die einst rosige Haut hing faltig und grau in seinem Gesicht. Das blonde lockige Haar war einem silbernen Flaum gewichen. Jón sah müde aus, obwohl er sich seine kräftige Statur bewahrt hatte. Schüchtern reichte er ihr seine Hand und hielt die ihre länger als zur Begrüßung üblich. Er hatte Stína erkannt.

Anna beobachtete die Szene. Sie spürte, dass zwischen den beiden Alten eine besondere Verbindung bestand.

„Möchtest du vielleicht mit Jón einen Spaziergang machen und ihm etwas über unser Wohnheim erzählen?“

Stína blickte Jón fragend an. Diese unverhoffte Begegnung hatte sie sichtbar verwirrt. Jón nickte. Sie gingen in die nahegelegene Parkanlage. An einer vor Wind geschützten Stelle setzten sie sich auf eine Bank.

„Lebst du schon lange in dem Altenwohnheim, Stína?“

„Vor zwei Jahren bin ich eingezogen, als meine Tochter an die Südküste zog.“

„Und dein Mann?“

„Er starb vor fünfzehn Jahren.“

Jón griff Stínas feingliedrige Hand und legte sie in die seine. Eine wohlige Wärme durchströmte den frierenden Körper der alten Frau. Sie hatte sich für das kühle Wetter viel zu dünn angezogen, aber das störte sie auf einmal nicht mehr.

Jón blickte schweigend in die Ferne. Eine bunte Palette von Erdfarben lag über der Landschaft, die die letzten Strahlen der Spätsommersonne in ein warmes Licht tauchte.

„Damals auf dem Mittsommernachtsfest ... du erinnerst dich doch noch daran?“ Stína lächelte.

„Da fühlte ich mich zum ersten Mal in meinem langen Junggesellenleben zu einer Frau hingezogen. Zu dir, Stína. Aber ich bekam Angst vor diesem, mir bis dahin fremden Gefühl.“

Stína schaute Jón tief in die Augen. „Auch ich fürchtete mich“, sprach sie leise. „Ich hatte mich auf dem Mittsommernachtsfest in dich verliebt, Jón. Liebe auf den ersten Blick nennt man das wohl. Ich wusste, wenn ich diesem starken Gefühl nachgeben würde, würde ich meine Kinder verlieren. Helgi, mein Mann, war herrisch und sehr stolz auf seine Familie. Einen Ehebruch hätte er mir nie verziehen. Auch wenn es weh tat, war es wohl zu der Zeit besser, dass wir uns aus den Augen verloren. Vergessen konnte ich dich dennoch nicht.“

Jón strich sanft über Stínas Haar. In all den langen, einsamen Jahren hatte er die Gedanken an Stína oft verdrängt. In seinem Unterbewusstsein jedoch war das Bild der jungen hübschen Frau immer anwesend gewesen. Und auch heute noch war sie ihm keineswegs gleichgültig. Nur jetzt gab es für ihn keinen Grund mehr, verwirrt zu sein oder das Gefühl von Zuneigung zu dieser Frau zu unterdrücken. Sie hatten beide nichts mehr zu verlieren. Gab das Schicksal ihm vielleicht eine letzte Chance für die Liebe, auf die er sein ganzes Leben gewartet hatte? Wenn ja, war er von ganzem Herzen dankbar dafür.

Von diesem Tag an gingen Stína und Jón täglich im Park spazieren, egal ob der Sturm ihnen den Regen ins Gesicht peitschte oder die Schneeflocken wild um ihre Köpfe tanzten. Sie hielten und führten sich gegenseitig, spürten weder Kälte noch Nässe. Auch lag Stína nicht mehr halbe Tage in ihrem Bett und hing ihren Tagträumen nach. Plötzlich erinnerte sie sich an ein lila Wollkleid, das seit ihrem Einzug in das Heim unberührt in der hintersten Ecke ihres Kleiderschrankes hing und holte es hervor. Die grauschwarzen Töne, die sie täglich trug, widerten sie auf einmal an. Ihr Gesicht strahlte und ihre Augen leuchteten wie die Augen eines jungen, verliebten Mädchens.

Der Vorsteherin fiel bald auf, dass zwischen den beiden alten Menschen mehr bestand als eine zufällige Bekanntschaft. Eines Tages beim Frühstück bemerkte sie, wie Jón unter dem Tisch seine Hand auf Stínas Bein legte. Daraufhin setzte sie die beiden auseinander. Sie würde keine Liebesromanze in ihrem Heim dulden. Das stiftete nur Unruhe.

Den anderen Heimbewohnern blieb ebenfalls die Zuneigung dieser zwei Menschen, die man wohl getrost mit dem Wort Liebe beschreiben konnte, nicht verborgen. In dem trübseligen Alltag der Alten hatte sich ein Gefühl eingeschlichen, das für sie nur noch in der Erinnerung existierte. Etwas Wundersames geschah. Verhärtete Gesichtszüge wurden weicher, Augen glänzten, und sogar in Óskars erstarrtem Gesicht konnte man ein leises Lächeln entdecken, wenn sein Blick auf Stína und Jón fiel. Gudrún fragte seltener nach ihrer Tochter, und Jóhann verkroch sich nicht mehr so oft in seinem Zimmer, sondern saß im Aufenthaltsraum und unterhielt sich lautstark mit Fridrík und Eysteinn. Anna nahm als erste diese Wandlung wahr. Sie freute sich für die Heimbewohner und ärgerte sich über Dóras spitze Bemerkungen.

Eines Tages, Stína und Jón schauten sich gerade ein altes Fotoalbum an, kam Dóra plötzlich in das Zimmer hineingeschossen. Nicht zum ersten Mal vergaß sie anzuklopfen. Mit hämischem Grinsen blickte sie auf Stína und krähte: „Deine Tochter will dich sprechen. Sie wartet auf dich im Aufenthaltsraum."

„Valdís?"

Dóra nickte und verschwand genauso schnell, wie sie aufgetaucht war. Stína sah Valdís auf dem Sofa sitzen. Sie trug einen dunkelblauen Hosenanzug. Ihr dezentes Makeup und ihre gepflegte Frisur unterstrichen die Erscheinung einer erfolgreichen Geschäftsfrau. Wegen Zeitmangels besuchte sie ihre Mutter meist nur zu ihrem Geburtstag und zu Weihnachten.

Stína setzte sich in einen Sessel ihr gegenüber.

„Von dir höre ich ja schöne Sachen, Mutter."

Beunruhigt wegen des unangemeldeten Besuches ihrer Tochter brachte Stína kein Wort heraus.

„Dóra rief mich gestern an. Sie hat mir von deiner Affäre mit diesem Jón erzählt und dass ihr darum gebeten habt, gemeinsam in einem Zimmer wohnen zu dürfen."

Valdís griff Stínas Hand und seufzte: „In deinem Alter fängt eine Frau doch keine Romanze mehr an. Schon gar nicht in einem Altenwohnheim. Das bringt nur Ärger mit sich und stört die anderen Heimbewohner.“

„Ich liebe Jón“, flüsterte Stína. Sie zog ihre eiskalte Hand aus der Hand ihrer Tochter.

„Mach mir doch keine Unannehmlichkeiten, Mutter. Wahrscheinlich bekomme ich bald einen Platz für dich in einem Heim in Reykjavík. Dann kann ich dich öfter besuchen“, fügte sie hinzu.

Stína blickte erschrocken ihre Tochter an. Sie wusste, wie unnachgiebig und überzeugend Valdís sein konnte. Viel zu oft in der Vergangenheit hatte sie den Wünschen ihrer Tochter nachgegeben. Ob sie jetzt die Kraft hatte, sich ihr entgegenzusetzen? Doch bevor sie etwas erwidern konnte, drückte Valdís ihr zum Abschied einen flüchtigen Kuss auf die Wange.

„Ich habe noch eine Verabredung mit einer Freundin, bevor ich wieder zum Flughafen muss. Mach's gut, Mutter, und sei vernünftig.“

Stína blieb wie gelähmt in ihrem Sessel sitzen. Sie werden uns trennen, jagte es durch ihren Kopf. Sie werden uns trennen.

Die alte Frau fühlte, wie sich ihre Augen mit Tränen füllten. Dann ging sie zu Jón, der sie liebevoll in die Arme nahm. „Sie werden uns nicht trennen“, tröstete er sie.

Spät abends schlich Stína in Jóns Zimmer und blieb die Nacht über dort. Sie wusste, dass Anna am nächsten Morgen Dienst hatte, und sie würde, wenn sie Stína in Jóns Zimmer entdeckte, nichts davon verraten. Aber Annas kleiner Sohn erkrankte in der Nacht, und deshalb übernahm Dóra Annas Schicht.

Pünktlich um acht Uhr stürmte die Heimvorsteherin in das Zimmer. Wie angewurzelt blieb sie im Türrahmen stehen, als sie Stína in Jóns Armen entdeckte. Ohne ein Wort zu sagen, drehte sie sich herum und knallte die Tür hinter sich zu. Jón drückte Stína noch fester an sich.

„Keine Angst, sie werden uns nicht trennen“, sprach er leise in ihr Ohr. Stína lächelte.

Nachmittags bekam Stína einen Anruf von ihrer Tochter aus Reykjavík. Dóra hatte Valdís über den Vorfall am Morgen informiert. Nun versuchte Valdís mit strenger Stimme ihrer Mutter ins Gewissen zu reden. Sie sollte sich in ihrem Alter nicht wie ein verliebter Teenager aufführen, schimpfte sie. Auch war völlig überraschend ein Zimmer in einem Altenwohnheim ganz in der Nähe ihrer Wohnung freigeworden. Sie könnte schon in zwei Wochen dort einziehen. Stína hielt den Hörer an ihr Ohr, aber die Worte drangen nur unklar zu ihr hinüber. Nach einer Weile legte sie einfach auf. Eine beklemmende Angst überfiel sie. Ihre Hände zitterten.

Am darauffolgenden Morgen fand Anna das Paar in Stínas Zimmer. Nach mehrmaligem Klopfen hatte sie vorsichtig die Tür geöffnet. Arm in Arm, mit einem merkwürdig leblosen Gesichtsausdruck, lagen der alte Mann und die alte Frau im Bett. Auf dem Nachtschrank standen zwei leere Gläser. Auf dem Boden lagen verstreut ein paar Tabletten herum. Wie sich schnell herausstellte, hatten Stína und Jón heimlich die täglich ausgeteilten Tabletten gesammelt. Jón hatte Recht. Er und Stína blieben zusammen. Niemand konnte sie trennen.

Die Autorin

Brigitte Bjarnason wurde 1959 in Hamburg geboren. Sie wuchs in der Hansestadt auf und machte dort eine Ausbildung zur Einzelhandelskauffrau. Während eines Austauschjahres in Island 1982/83 lernte sie ihren Mann kennen. Gemeinsam mit ihm und ihren drei Kindern lebt sie seit 1992 auf der Insel, seit einigen Jahren in Hafnarfjörður, einem Vorort von Reykjavik.
Bjarnason übersetzte isländische Volkssagen ins Deutsche und veröffentlichte im Jahr 2000 das Elfensagenbuch „Dort, wo die Elfenkönigin wohnt“ sowie mehrere Artikel, die in der Zeitschrift „Island“ erschienen. In ihrer Freizeit schreibt sie überwiegend Kurzgeschichten und Geschichten für Kinder.
In einigen ihrer Geschichten greift sie auf eigene Erfahrungen zurück, die sie selbst auf Island gemacht hat, wie z.B. die Arbeit in der Fischfabrik, als Postbotin und im Altenwohnheim. Zurzeit arbeitet sie in einer Bibliothek.

Weitere Titel bei ACABUS|Literatur:

Bernadette Németh

Der zweite Blick
Eine Sammlung von Kurzgeschichten

ISBN: 978-3-941404-70-0
12,90 EUR
204 Seiten
Paperback
13,5 x 19,5 cm
ACABUS Verlag, April 2010

Perdita wird mit verlorenem Gedächtnis in Costa Rica aufgefunden. Das Einzige, woran sie sich erinnern kann, ist ihre Leidenschaft für das Schreiben von Geschichten.
Diese Rahmenhandlung verbindet 17 Kurzgeschichten, die verschiedenste Zeiten und Orte umfassen und eines gemeinsam haben: Die Tatsache, dass es sich immer lohnt, einen zweiten Blick hinter bestehende Fassaden zu werfen.
Perdita führt die Leser auf eine fantasievolle Reise durch Mittel-, Ost- und Südeuropa, Amerika, Lateinamerika und Asien. Jede einzelne Geschichte, die sie erzählt, hilft ihr, Stück für Stück ihre eigene Identität wiederzufinden.
Die farbenfrohen Erzählungen handeln von Liebe und Angst, Menschlichkeit und Hoffnung, Mut zur Einzigartigkeit und Sehnsucht. Sie sind ein Plädoyer für Individualität und erzählen von dem Bedürfnis, das allen Menschen innewohnt: Einen ganz eigenen Weg zu finden.